荷溪镇的夜与昼

吴玉林——著

百花洲文艺出版社
BAIHUAZHOU LITERATURE AND ART PRESS

图书在版编目（CIP）数据

荷溪镇的夜与昼 / 吴玉林著. —— 南昌：百花洲文艺出版社，2025.1——

ISBN 978-7-5500-5802-6

Ⅰ．Ⅰ267.1

中国国家版本馆CIP数据核字第2024GU1850号

荷溪镇的夜与昼

HEXI ZHEN DE YE YU ZHOU

吴玉林 著

出 版 人	陈 波	
责任编辑	郝玮刚 蔡央扬	
书籍设计	裴琳琳	
制 作	周露萍	
出版发行	百花洲文艺出版社	
社 址	南昌市红谷滩区世贸路898号博能中心一期A座20楼	
邮 编	330038	
经 销	全国新华书店	
印 刷	湖北金港彩印有限公司	
开 本	787 mm×1092 mm 1/32 印张 9	
版 次	2025年1月第1版	
印 次	2025年1月第1次印刷	
字 数	150千字	
书 号	ISBN 978-7-5500-5802-6	
定 价	68.00元	

赣版权登字 05-2024-358
邮购联系 0791-86895108

网 址 http://www.bhzwy.com
图书若有印装错误，影响阅读，可与承印厂联系调换。

题 记

1970 年代。

1980 年代。

1990 年代。

上海，一个小镇的 30 年，暗合着社会转型期间的迷离、个体与时代的纠缠。

生活是晨起暮落，日子是柴米油盐。小镇的夜与昼，一半熬，一半等，述说着人间万象。童年，不一定都是趣事；少年，不一定都是梦想；青年，不一定都是励志。岁月五味，冷暖自知，散发出人性脆弱但又倔强的光芒。

或许回忆早了点，但，如今老家彭家渡呒没了，荷溪镇也呒没了。我勿晓得除了文字，还能够为少年时想逃离，中年后已回不去的地方留下些什么。

眼中温润，又或烈日灼心。

1

序：每个人都是一片叶子

沈嘉禄

  作为一个长期立足本土进行生命体验的作家，吴玉林在性格上是含蓄的，在感情上是念旧的，在文学修养上是沉潜的，在创作上又是积极的、敏锐的、善于思考的，所以他的小说、散文充满了上海西南区域特有的烟火气息，在读者眼前展开色彩纷呈、栩栩如生的俗世画卷。

  玉林兄的文字朴实无华，以细节丰富而取胜，叙事上偏爱策马徐行，可近观桃红柳绿，又可仰望白衣苍狗。以他这部新作《荷溪镇的夜与昼》为例，在提供情绪价值的同时，又令人掩卷深思，无法释怀。他笔下一个个跃然而出的人物，无论是古村落里的最后一个猎人，还是富有传奇色彩的爷叔老吴，无论是串街走巷的换糖人，还是当年寻求"真爱"的"工农兵大学生"，俱是血肉丰满，神清气爽，嬉笑怒骂，皆成文章，无不烙下时代的印记，携带特定时期的文化信息。尤其在叙述中以上海本地方言添彩，亦庄亦谐，让人忍俊不禁。当然作者在字里行间执着地体现了对上海城市历史、对上海人命运，以及对自我生命过程的冷静思考。

《荷溪镇的夜与昼》以非虚构文学的形式，记录了作者一段珍贵的生命体验，主要是从少年到青年这一段的心路历程。与许多中国人一样，都在特定的时代被圈进了一个"城堡"，这个"城堡"，就是见证了他成长的那个小镇，虽被上海核心城区的商业文明边缘化，但拥有一个深厚绵长的农耕文明作为背景，加上周边地区（闵行）在20世纪50年代后成为上海工业化的重要板块，承载着崇高而美好的愿景，步入波澜壮阔的工业化进程。那么在大时代夹缝中的这个宁静而闲适的小镇，一方面守护着传统的生活方式与习俗、规则，另一方面又要判断和应对两种文明的互动与交织，并试图摆脱农耕文明的束缚，实现对城市文明的拥抱，最终被大上海的"主流社会"所接纳，做一个意气风发的"上海人"。当然在计划经济年代，一切努力都是浪花。

进入改革开放的新时代，两种文明的交融、渗透、互补和叠加，就有了编年史的厚实感和戏剧性。此时的吴玉林拥有另一个身份，那就是媒体人，所以他如人饮水、冷暖自知，通过更广泛层面的采访和体验，将自己置身于这个复杂而伟大的历程中。最终，"历经 600 年晨起暮落栉风沐雨"的这个小镇，因为动拆迁，而从作者生命中彻底剥离，多少欢悦与苦恼，多少梦想和失落，都在瞬间化为一地碎瓦残砖。他的悲悯与惆怅由此而起，回望来路，奋笔书写，带着这样的感情，我相信会引起读者的共鸣与深层次思考。

《荷溪镇的夜与昼》是吴玉林的心血之作，也是一个时代的记录、城乡一体化过程的侧影。荷溪镇的变迁，即使定格在上海这座城市的嬗变瞬间，也有着不可低估的样本价值，值得研究和记取。

其实与之对应的是，城区的核心地带也在变化，而且变得更早、更快、更具爆炸性、更令人猝不及防。就说说我本人吧，从小住在原卢湾区一条不足五百米的崇德路上，与中共一大会址、渔阳里、八仙桥、太平桥等地标只一箭之遥，这条曾以法国人喇格纳命名的小路，在我最初的记忆中是坑坑洼洼的弹街路，也是我最早接触社会的课堂，它是一个完整的、能够满足内循环的市民生态。这里有酱油店，也有煤球店；有老虎灶，也有烟纸店；有饼干厂，也有街道文化站；有棺材店，也有原来的法租界安南巡捕营房；有窄弄深处的一溜狭窄的棚户区，也有 Art Deco（装饰派艺术）风格的新式里弄房子；有曙光医院的急诊间和太平间，也有号称远东最大的屠宰场——杀牛公司……混杂与多元，使这条小街趣味无穷，市民生活的丰富性与风俗性，时时传递出一种道德规范与行为模式，深刻地影响了我的性格与人生轨迹。即使在物资极度匮乏的日子里，幻灯片还是有看的，小书摊还是摆在过街楼下，茶馆里的说书先生还是传统道德的代言人与诠释者。

再从社会阶层来看：这条马路上有洋行职员，但"玻璃杯（旧社会变相卖笑的妇女）"也受到大家同情；有沉默寡言的大学教授，但屋檐下的剃头师傅同样备受尊敬；有旧社会过来的巡警，也有向来低调的地下党；有浪迹江湖的气功师，也有医术高超的牙医。对社区工作最有发言权的是家庭妇女，她们将居委会视作自己的家，将支边、灭四害、读报、宣传好人好事等活动搞得有声有色。居委会主任天天忙于串家走户，被大家亲切地尊称为某大姐、某阿姨，让人愿意将纠结已久的心思和盘托出。派出所的户籍警被呼作"某同志"，走进弄堂就被大家热情地围住，他可随时到某人家里聊天喝茶，和蔼可亲，真跟马天明一样。

现在，这样的市民社会生态还在吗？如果不在的话，还能修复？

我们遇到了一个汹涌澎湃的大时代，这四十年里的变化实在太快太猛，在物理层面、在心理层面，大多数人都没有做好准备。而时代列车义无反顾地加速疾驶，在每一次嬗变的节点上，难免出现急转弯的情况。由于离心力过猛，便会使一些人被甩出原有轨道，出现短暂的精神休克，对过往的文化和传统产生很强的留恋，甚至发出"落花流水春去也"的感叹。就像吴玉林所说的："一阵心悸，随后是犹如失重后的无力感袭来，想要抓住什么，但终究抓不住。"

表现在物质生活层面，就是怀念消逝的都市风景，比如石库门房子的格局和市民生态，过街楼下、灶披间里的闲言碎语，还有茶馆、酒楼、澡堂、书场及老虎灶、烟纸店等百态世相。荷溪镇的消失或被另一种文化形态所覆盖，同样也要引发吴玉林的感慨。

毕竟我们是生于兹长于兹的土著，在绝大多数人的庸常生活中，街道、路名、身份还有悲欢离合的故事，都是身外最值得珍藏的纪念。市民是城市气息、城市品格的营造者，如果连自己庭园里的那棵老槐树都被外人移走了，我们还能在哪里喝茶聊天、闲看花开花落？

然而我们也不必过于哀伤，走出村落、小镇或弄堂之后，我们也没必要与过去决绝，或将自己漂白、整容。逝去的岁月不会再来，但所有的记忆都可以酿成一杯美酒，咂出醇厚的滋味。手持这杯酒，穿过村落、小镇或弄堂的目光就能够放得远一些，再远一些。

生活掀开了崭新的、值得期待又不乏悬念的一页，更精彩的剧情开始上演，情节、道具和人物都变了，风雨雷电也变了。这是一次高扬的精神迁徙，一次群居结构的重新组合，一次市民生态的大裂变。让我们打起百倍的精神，去谱写新的篇章！

世界上没有两片相同的树叶，每片树叶上的茎脉都是不一样的，就像我们每个人的指纹、虹膜都有差别。那么在相似的文化环境里成长的我们，走的路，品味的生活，以及面临的问题都不一样。所以说，我们每个人都是一片树叶，生长在不同的枝丫上，感受的春风秋雨是一样的，眺望的风景也是一样的，我们能做的，就是保持旺盛的生命力，为大树增添一抹健康的绿意。

玉林兄嘱为大作写序，不胜惶恐，只能结合自己的经历谈点体会而已，请玉林兄和读者诸君多多指教。

（沈嘉禄，中国作家协会会员，上海市作家协会理事、
小说创作专业委员会主任，资深媒体人）

目　录

引子：大动迁

我哥："老娘，大大阿奶（爷爷奶奶）的墓真咣没办法迁了？"

我妈："都几十年了，寻都寻不着，有啥办法？"

我姐："要勿要化点锡箔，去拜一拜，告诉伊拉（他们）俚（我们）要走了？"

我妈："也好，是要'讨回头'一声。""讨回头"是我们当地的土话，就是告诉一声的意思。

我妈又说："倷爷（你爸）落葬的事体安排了吗？勿要忘记啥，倷爷要怪哦。"

我们皆点头。辩是大事体，想忘都勿敢忘的大事体。

接下去，便是选定一个吉日，我姐掌勺，烧了一桌子的菜，有荤有素，在八仙桌上摆放好，倒酒点蜡烛，焚香烧锡箔。

一家人神情肃穆，叩拜先人，叩拜老祖宗。

然后，再去黄浦江边烧纸。大大阿奶的墓找起来困难，但大致方位还是晓得的。

家离江边很近，不到半里地。

我的老家彭家渡，位于黄浦江上游的北岸，西至女儿泾与松江的车墩接壤地带。

附近还有一处典型的江南乡村集镇，形成于清代中期，虽小，但还是有年头的。老早以前官名邻松镇，即为邻近松江的意思，直白随意，后来被撤销了建置。

小镇的主街呈东西走向，南北各有小巷若干条。青石板的主街街面并不算宽敞，估计也就2米多点；街也不长，大概300多米，各种小店小铺倒是不少，食品烟杂店、五金百货店、中西药店、粮店，还有卖馄饨面条的点心店、小修小补的缝纫铺，零零杂杂，将近20家。店铺与店铺之间往往夹着两三户居民，大概几十家，倒也为小镇平添了浓郁的烟火气。

小镇上曾有两户大姓，分别为顾家和金家。听老人讲，整条街最早基本上是他们的产业。耕读传家，颇有积淀。也因为此，老街在十里八乡有点名气。

小镇还有一个名字叫荷溪镇，乃因镇区周围有五条河流交汇于此，形成荷花状，故名。荷溪潺潺，多多少少有了几分雅意。

于是，当地的小学和中学便以此命名。分别为荷溪中心小学、荷溪初级中学，都曾是我的母校。

两所学校在 20 世纪八九十年代分别被关停、合并。就这能，我成了呒没母校的人。最最可惜的是小学，那是所传承了百年的老校。

彭家渡始于明初，因当地彭氏族人在黄浦江边义设手摇木船摆渡，往返于两岸，久而久之，故称为彭家渡，所在村宅因渡而得名。

在我的印象中，阡陌交错，鸡犬相闻的彭家渡呒没什么特殊之处，除了荷溪老街上的顾、金两家大户，并呒没其他可以让人炫耀的前辈和名人，至于显赫的家族更呒没。在江南，这种小村落随处可见，除了平淡，或许还略显平庸。后来并入彭家渡的韩仓倒是有着不少故事，传说是八仙之一韩湘子得道成仙的地方。凡传说都被夸大，乃至虚构的，虽是有趣，甚至被人津津乐道，但当不得真。但在明代此地有个叫龚家塘的村宅，的确出过名门望族龚家，一门双进士，还是明末书画大家董其昌夫人龚婉琬的娘家。董其昌出生在离彭家渡十几里地的董家宅，由一个一文不名的穷书生，成为仕途亨通、高居庙堂的大宗伯，同时书画艺术成就斐然，被推重为"南宗画派"鼻祖。

在乡人们看来，董其昌自然是个了不起的人物。但他又因"民抄董宦"事件而背负上了千古骂名。野史嘛，更多的是以讹传讹或添油加醋，到底真相如何，隔了几百年，便成了一桩"无头案"。

因为与荷溪镇相生相伴，彭家渡便被列入了中国传统村落保护名录。我在为老家欣喜的同时，又觉得这样的名号勉强了些。

千禧年到来的时候，历经 600 年晨起暮落栉风沐雨的彭家渡迎来了一场前所未有的大动迁——村里为引进投资项目，需要拆迁大部分的民宅，以便留出建设用的土地。我家的老宅也被列入规划之中。

很多人家对大动迁是举双手赞成的，欢欣鼓舞。以前总是羡慕城里向的人，现在自己可以拿了动迁款跑到城里向买房子了，日子便有了更好的盼头。毕竟乡下吃住行各方面多有不便，快速推进的城市化进程会让人们的生活有质的改变，何乐而不为呢？于是那段辰光，村宅上的人见面，问候语不再是"吃了哦？"而是"倷屋里拆了哦？"

持续了整整两年的大动迁，整个彭家渡被拆了个七零八落，鸡飞狗跳。

有的鸡落荒而逃，在田野中东躲西藏，主人都懒得再去追赶。鸡是理解不了的，自由的代价便是自生自灭。

有的狗对着拆迁队的陌生面孔狂吠。看着曾经守护的家园在推土机的轰鸣声中化为一片废墟，尘土飞扬，狗眼飘落下一滴不甘的眼泪。

我家的老宅拆得晚，当周边人家一幢幢房屋被轰然推倒时，我家的两层楼房依然倔强屹立。非我不顾大局，或者是抵触，一方面总得为动迁赔偿款的事和村里讲讲斤头（谈条件），尽管照规矩改变不了什么，但人大多会怀有某种侥幸——万一呢？另一方面我妈还住在老宅，得先为她寻找一个合适的去处安顿。她独居惯了，不愿和小辈住一起，怕不方便。

我妈见我迟迟呒没动静，估计郁闷中生出了一种被抛弃的念头，于是独自跑到村里，跟村干部诉苦。或许在伊眼里，我突然成了呒没良心的小囡，弃之不顾。

我哥我姐晓得后，严肃地批评她真是"瞎起劲"。

我们兄妹仨，从小失去了父亲，但彼此感情一向蛮好。即便岁月攻苦茹酸，也不离不弃，相濡以沫。

难得开了个家庭会议，一致通过，迭种事体还得听我的。

我妈只好歇搁（停止），长叹一声"儿大不由娘"。

每个人都有老家，那是生你养你的"血地"。

虽然我早些年已在莘庄买了房，搬离了老家，但老宅尚在，何况我妈还住在老宅里，这里当然是我的老家。尤其祖坟在这里，更是一根坚韧的无法扯断的线。每个周末或节假日总是要回来一趟。走到村头，风是熟悉的味道，野河浜畔的杨柳翠绿欲滴，一股子的亲切连眼睛都装不下。

老宅后院有块自留地，平时由我妈侍弄，种上了时蔬瓜果，可自给自足。还有一小片茂密的竹林，每到春季，竹笋便疯狂长开了。趁嫩时挖了吃，过了节气，老了，任由它长，来年又是一根根小竹子。还有一棵粗壮的棕榈树，枝繁叶茂。我至今不明白，迭种热带植物哪能可以在江南细腻的土壤里如此恣意地野蛮生长。曾经还有人专程上门来收购棕皮，沿着棕榈树一圈一圈刻画，然后依次剥取下来，拿回去晾晒后再制成蓑衣。细雨蒙蒙中，"孤舟蓑笠翁，独钓寒江雪"，意境毕现。而古时江湖人士似乎也十分钟爱蓑衣，竹林中刀光剑影，便是跌宕起伏的江湖往事。

老家东首有条无名的小河浜，是条自然河道，南北走向，直通黄浦江。它蜿蜒穿过整个村宅，清澈见底。最早时宅上的人洗衣淘米都在这条浜里。浜里有野生鲫鱼，年少时，我经常同小伙伴们一起筑坝拷河浜，捉鱼、摸蟹和河蚌，经常混得一身泥浆，也常见宅上的一些大人穿着黑黝黝的皮水靠（潜水衣）下河摸鱼。

轻风垂杨柳，燕飞谁家檐？如今豁一切将化为乌有。过不了多久这块土地将会被打下桩，并用钢筋水泥浇灌成一幢幢的建筑，引进一座座的企业，将来到这里工作的人不会了解，或者说根本不会去关心这块土地上曾经发生过的故事。

动拆迁的那段时间，宅上的很多乡亲和我们一样，来到黄浦江畔焚香燃纸，拜祭安葬在此处的先人。很多墓早已残破不堪，只剩下一个小小的坟头或一块陈旧的木牌，书写着墓主的姓名。有钱的人迁了坟，呒没钱的只好随它去了。或许，来祭拜也仅仅是为了求得心理上的某种安慰，毕竟祖祖辈辈生活在这里，要走了，总得向先人遍陈。

搬家的那天，老宅里能搬的东西都被搬上了货车，屋内一片狼藉，如同经历了一场浩大的洗劫。我妈不放心，三番五次地走进去，翻拣一番，深恐遗漏了什么。看到灶面上一盒火柴，她顿时眼睛放光，赶紧捡起，塞进随身携带的小包裹里。又看到门角落里有一把稻草扎的扫帚，还想去拿。我终究忍不住，皱着眉说，新屋里什么都有的。我妈看了我一眼，不响，最终选择了放弃。

羊年，我妈虚岁 70。她生于 1933 年，我妈说，就在"东洋鬼子"被赶跑的那一年（1945 年），才 12 岁的她被我阿奶从浦东陈行领进了彭家渡吴家里，当着养新妇（童养媳）养。而后就是大半辈子。

父亲终于有了安身之处。我在荷溪镇附近的仙鹤墓园给他买了一块墓地，双穴的，大理石墓碑庄重气派。生前呒没享受过富贵，身后子女们只能以这种方式来尽一份孝道。自父亲过世后，他的骨灰盒一直存放在老屋客堂间，一放便是将近 30 年。为此我妈觉得庆幸，说，还好当年吮没按老例把它落葬到黄浦江畔，否则辰光一长，还不一定能找到，或许即便找到了，可能都破损了。

把父亲的骨灰盒落葬到新墓地时，家住市区和浦东的舅舅们都来了，还有一些至亲。照例是一套繁杂的祭拜仪式，伴着唢呐声声。

封穴时，我妈长泣。多少年吮没听到她哭了，此刻她却泪如决堤，口中喃喃，听不清在说些什么。

我们不晓得如何劝慰，干脆不响。一阵风吹过，卷起锡箔的灰烬，怅然若失。

2024 年 8 月，大地热辣滚烫。

听说荷溪老街正在被拆除，我便顾不得酷暑袭人，携妻驱车匆匆赶去。目之所及，200 多年的小镇，到处残墙断垣。20 年前告别了老宅，如今原本剩下的最后一份念想也终成废墟。

又来到黄浦江边，站在堤岸上，看江中舟来舟往。江水拍岸，芦苇摇曳，芦花随风飘零。身后的故园早已被建成了一个庞大的工业区。车水马龙，喧嚣四野。

从此再无老家。一阵心悸，随后是犹如失重后的无力感袭来，想要抓住什么，但终究抓不住。

妻见我沉默不语，知我触景伤情，便问："如果老家还有房子在，你会回来住哦？"顿了顿又道，"我说是长期的那种。"

我一时语塞，是啊，辩问题倒呒没考虑过。我会哦？估计不会吧。

妻看出我的犹豫，笑道："在情感上可能割舍不了，但'采菊东篱下，悠然见南山'只是古人的意境，听上去很美，实际又如何？"

或许真的是我矫情了。我在念着丝丝缕缕的乡愁，念着老宅的一草一木，但那些长期生活在此地的乡人们呢？他们何尝不想走出去呢？得失之间，总是辩证的。

第一章 年少

换糖人

"阿陆阿陆，换糖啰！"

当阿陆细竹竿般的身影出现在村口的野河浜旁时，随着一阵吆喝，一帮子小囡兴奋地聚拢，奔向前去。

阿陆的肩上一根扁担，挑着两只大箩筐，晃晃荡荡地从野河浜一头，沿着用两条窄窄的小石条拼成的桥走过来。石板桥太小，波光粼粼的河水又离桥面很近，所以两个箩筐仿佛是悬在水面上的。偏阿陆不好好走，他迈着一踮一踮的步伐，带着节奏，还时不时地扭着细腰，脸上带着莫名的笑，有点狡黠，又有点滑稽。小囡们一脸紧张，阿陆迭能扭着，一不小心掉进河里哪能办？就算人不掉下去，那箩筐上可都装着好物事，掼出去就勿好白相了。

"侬个死阿陆，会不会走路啊？"毛弟口气恶狠狠地叫道。毛弟是我们辫帮子小囡中的囡头子，虽然才十二三岁，但个高膀圆，一副小大人的模样。或许正处

13

在变声期，他的嗓音尖尖的，有点刺耳。

"就是就是。"我们七嘴八舌地附和。有人嚷着："东西掼到河浜里，叫你哭都来不及。"随即一阵哄笑。

"瞎讲有啥讲头，"阿陆满脸不屑，他扶了扶肩上的扁担，嘴角向上一扬，"我有轻功，会飞的。"说罢，他加快了脚步。"噔噔噔"几下就蹿到河岸旁，卸下了货担，双手交叉在胸前，咧着嘴呵呵地笑着。一帮子比伊矮小的小囡聚拢在他周围。

阿陆人长，颇有种鹤立鸡群的姿态。他扯着嗓子说："别围着了，要吃糖的，要新玩具的，快点去拿东西来换。

"废铜烂铁换糖。

"破衣衫破套鞋换糖。"

⋯⋯⋯⋯⋯

"毛弟，倷阿姐的花裤子也可以拿来换糖的。"阿陆指着毛弟一本正经地说道。

"要作死啊！"毛弟眼睛一瞪，作势撸了撸袖子，做了个扑过去拼命的动作，但脚却吭没动。他才不会真同阿陆打架呢。

阿陆嘻嘻一笑："毛弟，你当我小舅子吧，我娶倷阿姐，你就天天有糖吃，有新玩具白相了。"他指了指一头箩筐木板上那堆花花绿绿的东西："你看，这次有新手表呢，好看哦？"

于是，我们的目光都被吸引了过去，瞬间忘了另一头木板上用电影胶圈盒装的斩白糖的香味。

阿陆是个换糖人，他们一家都是换糖人。

阿陆不是上海本地人，是个外乡人。据说是浙江的，但究竟是浙江哪里的，也呒没细究过，可能是平湖的，也可能是义乌的。反正那时我们的世界很小，难得走出村的范围，跟着大人到镇上走一趟都觉得是件了不起的事。虽然我们搞勿清平湖或者义乌到底在哪里，但内心却是对阿陆佩服不已，伊小小年纪就开始"闯江湖"，在我们眼里显然是见过世面的人。

20 世纪七八十年代，换糖人在上海市区、郊县一带走街串巷是司空见惯的现象。因为物资匮乏，辩些小商贩便走南闯北，以糖、草纸等低廉物品，换取人们家中的废品以获取微利。而其中最典型的便是义乌农民世代相传的"鸡毛换糖"的经商传统。2017 年，有一部电视连续剧《鸡毛飞上天》，张译和殷桃主演，讲的就是义乌换糖人的故事。辩些换糖人通常也被称为"货郎""货郎担"或"敲糖帮"。全部装备是两只箩筐、两个货盒、一个摇荡鼓、一根扁担。箩筐是用来装换来的鸡毛鸭毛和旧货的，货盒则是装着饴糖制成的糖饼，我们叫"斩白糖"，为啥孬能叫搞不清楚。后来，浙江一带冒出了一大片做小百货的乡镇企业，于是，糖担上的货色便琳琅满目起来，有小手表、小发夹、小镜子，还有五颜六色的小头绳，很多都是女孩子喜欢的。

阿陆头脑活络，他的货担上装满了孬些小玩意，所以不光是男小囡盼着伊来，那些女小囡，尤其是十五六岁情窦初开的小姑娘更盼着伊来。孬年纪，正是要好看的辰光，有一面小圆镜照照，梳妆打扮别提多美。那些小发夹、漂亮的头绳之类的更是她们的心头好。

阿陆是子承父业。起先到我们宅上换糖的是他爹，有时是他娘，十天半月来一次，货品也单一，除了斩白糖还是斩白糖。但孬种又黏又甜的斩白糖对我们孬帮子小囡有着无穷的诱惑力。看着切开时那黏稠的一丝一丝，口水便禁不住滴滴答。不管是他爹来还是他娘来，阿陆总是屁颠屁颠地跟在后头。一晃几年过去，他也渐渐长大了。阿陆爷娘都有些抠门，讲好的糖是多少就是多少，即便是你赔着笑脸，恳求多敲一点，也不为所动，嘴里嘟囔着："不好多不好多，多了吭没得赚。"得不到满足当然生气，却无可奈何，在跑远后，便回过头咒骂一句："阿陆阿陆讨不到娘子。""阿陆阿陆生个小囡吭没屁眼！"耢闲话有点恶心人更有点毒。我们不敢骂阿陆的爷娘，便把阿陆当作了出气筒。

一来二去，阿陆倒是跟我们混熟了。虽然他比我们大几岁，但毕竟还是少年心性，在爹娘换糖时，他就看我们做"造房子""掼老爷"之类的游戏，有时也瞄一眼女孩子跳绳、踢毽子。女孩子看到阿陆瞟过来的眼神，便剜一个白眼，阿陆稍有尴尬，笑笑走开，扭头不忘做个鬼脸。背后骂他最凶的毛弟跟他话最多，听说阿陆还偷偷地塞给过他几块斩白糖。但毛弟吃了人家的并不嘴软，总是毫不客气地时不时嘲笑、捉弄阿陆，只因为伊晓得阿陆喜欢伊阿姐，便有恃无恐起来。

毛弟上头有三个阿姐。大阿姐当时 18 岁，二阿姐16 岁，三阿姐比毛弟大一岁。所以在重男轻女的乡下头，毛弟在家的地位可想而知，三个姐姐都勿敢弄毛（得罪）毛弟，即便毛弟闯了祸，背锅的永远是姐姐们。而毛弟要换"斩白糖"，破铜烂铁和旧布烂衫都是姐姐们千方百计给他搞来的，有时还有烂尼龙丝，也可以换糖。毛弟口袋里不缺糖，于是木春叔家的阿祥、桂田叔家的阿黄两只小棺材就成了他的跟屁虫。有次我跟毛弟闹不开心，阿祥和阿黄便在一旁帮腔，差点打起来。说实话，我是看不起阿祥和阿黄的，那时在我眼里，他俩跟着毛弟，就是狗仗人势。

尤其是阿祥，伊是大鼻头，鼻孔下似乎永远拖着两条浓稠的鼻涕，一不小心就要垂到嘴唇上时，他便速捷地用袖子管一擦，所以他的袖口总是那么油光锃亮。虽看着有些恶心，但谁又能管得了人家的个人卫生呢？多年以后，想起阿祥的迭番做派，又释然了。不用袖子管擦鼻涕的童年还真不是完整的童年。

毛弟二阿姐其实那时还呒没完全"长开"来，脸蛋红扑扑的，但长得蛮趣（好看）；辫子长长的，美中不足就是有点黄。她爱笑，笑起来也不大声，抿着一口白白的细牙。辗辰光你真觉得伊邪气好看。

阿陆喜欢毛弟的二阿姐，最后成为公开的秘密。当阿陆后来接过他爹的货担后，他不像他爷娘十天半月才来一次，而是隔三岔五地来，来了就往二阿姐身边凑，只不过两只眼乌珠时不时地往货担那边瞟，生怕我们趁他心猿意马之时偷斩白糖。

18 岁的阿陆很瘦很高，身上的土布衣裳过于肥大了些，有点空荡荡。但他的脸帅气，有点像当时演《小花》的唐国强的脸。《小花》风靡一时，陈冲、刘晓庆都是女孩子心中的美女，而唐国强则是当仁不让的帅哥。当然那时吭没流行"帅哥"一词，通俗的表达就是——"好看"。

　　二阿姐在阿陆眼中是好看的，阿陆在二阿姐眼中也是好看的。但毛弟的大阿姐云娟却认为阿陆有点油腔滑调，嘴角边总是露着坏坏的笑，"一看就勿是好人"，于是一见到阿陆挑着货担来了，就拖着两个妹妹跑了。毛弟勿晓得其中的弯弯绕绕，就算晓得了也勿懂得，照例是跟阿陆嘻皮搨脸地耍嘴皮子。

　　阿陆家的船停靠在我们村头不远，黄浦江边上那条叫东河泾的小浜头上。㞰里常年靠着四五条小木船，感觉中比绍兴的那种乌篷船大一点，模样差不多，估计能坐四五个人的样子。据说这一拨船都是一个村上的人，有的还是亲眷，他们住在船上、吃在船上，船就是阿陆他们的家。我们称㞰些船为"网船"，㞰"网"究竟怎么写我至今都勿晓得，只记得读迭个音而已。各条船有各条船换糖的地盘，你到高家宅，我到吴家里，他到奚家塘，井水不犯河水，不抢对方的生意。

我们一帮子小囡百无聊赖时会跑到江边看阿陆他们的小船,在我们眼里,船上的生活显得是那么新鲜有趣。

阿祥问阿陆:"你们拉屎怎么拉?"

阿陆像看白痴一样瞅了阿祥一眼说:"就蹲在船头往江里啊!"

"那船哪能走啊?"阿黄问。

"用橹摇!"阿陆显然有点不耐烦。

转眼,他笑嘻嘻地对着毛弟说:"要不要跟我到船上坐坐?"但我看到他的眼睛却是望着一旁的二阿姐的。

"不去!"毛弟很干脆地拒绝道,因为大人们常告诫我们,不要到网船那边去,迭种船上有人贩子,说不定会把小囡拐跑了,弄到一个勿晓得的地方卖掉。这一点我倒是佩服毛弟的,警惕意识很高,那时候村里的确发生过类似的事情。

阿陆听了毛弟的话,也不难堪。随即轻灵地跳上了船,钻进了舱里,不一会儿又出来了,手里攥着一团什么东西。他快速地走到二阿姐身旁,拉起她的手一塞,说:"送你的。"似乎怕二阿姐拒绝,他又迅速地跳回了船。

二阿姐被弄得不知所措,想扔了手里的东西,又呒没敢扔,一扭头跑了。

后来我们都晓得了，阿陆送给二阿姐的是一团花头绳。不过几天后辫团花头绳最终被大阿姐云娟扔在阿陆的面孔上，恨恨地骂了一句："流氓！"

大概是因为迭句"流氓"，阿陆真的"流氓"了，他竟然用两块塑料小手表，一大块斩白糖"贿赂"了毛弟，于是毛弟把伊二阿姐的贴身的内衣小褂给偷了出来，送给阿陆。我们晓得后都觉得阿陆真变态，已经不是"小流氓"，而是"大流氓"了。于是对他开始避之不及。

事情最终的结果是，大人们也晓得了迭桩事体，尤其是毛弟他爸。那天，阿陆又到宅上来换糖，被毛弟他爸逮个正着，用一根细竹竿把像细竹竿一样的阿陆抽得哭爹喊娘，掼了货担仓皇而逃。毛弟他爸想把货担扔到野河浜里去，是木春叔看勿下去了，阻止了他，还好心地把货担送到了东河泾阿陆家船那里。

"辫只外地小鬼，也不看看自己几斤几两，竟然把歪脑筋动在俉女儿身上，气杀脱我了。"毛弟他爸为辫事体愤愤不平了好几天。他实在想勿通，阿陆胆子介（这么）大，会铆牢自己的女儿，幸亏发现得早，呒没吃亏。

木春叔劝道："算了，勿要多想了，人家小鬼头可能只是喜欢，给你一讲，倒弄得来像真的一样，阿二头（二阿姐）还要出嫁的，传出去勿好。"

末了，木春叔告诉毛弟他爸，他已经同阿陆他爹讲过了，以后不准他们出现在宅上，要换糖到别个地方去。

就迭样子，阿陆从我们的生活中消失了。

一开始，我们有点想念，后来就慢慢淡忘了。

阳光照进课堂里

1976年初春，我成了一名小学生，进入高家小学读书。

连明认为我的记忆有误，应该是9月1日才是。但庆弟和红伟都认可我的说法，我们是在猴一年的春节过后不久入的学，直到1978年读三年级时，国家教育改制，才改为9月1日秋季开学。

连明、庆弟和红伟是我小学中学的同学，也都是彭家渡的人。如果再往前追溯，我们从托儿所和幼儿园时就已经白相在一起了，北方人称迭种关系为"发小"，我们则是说"出（光）屁股"长大的，似乎更形象些。后来基本上是一起谈恋爱，一起结婚，一起有了孩子。如今，各自的子女也开始恋爱、成家，而已经两鬓染霜的我们则坐在一起，抽着烟吃着老酒，感叹一番人生。虽然呒没啥大起大落，但平凡中也总有唏嘘和感慨，日常的生活再平庸，再无奈，在青春作伴的日子，也能寻找到一抹光亮，聊以安慰。

1976 年，国内发生了很多事。

先是三位伟人相继逝世。山河失色，大地呜咽。

村里矗立在田间地头的高音喇叭似乎总在播放着悲痛压抑的哀乐。空气仿佛都凝固了，树上的雀儿也停止了叽叽喳喳的聒噪。

生产队长老高破天荒咾没催促社员们去上工。他蹲在小队仓库门口，抽着劣质的"劳动"牌香烟，嘴里反复叨叨着："辖哪能办，辖哪能办？"

学校里举行了隆重的悼念大会，伴着哀乐声，全体师生向伟大领袖遗像默哀。大家肃立着，老师在台上哭泣，同学们在台下哭泣。哭得撕心裂肺，哭得肝肠寸断。

辖一年，河北唐山一带发生强烈地震，几十万的人瞬间被埋在废墟中，大地一片血腥。村头的高音喇叭机械地播送着中央人民广播电台的《新闻和报纸摘要》。但我们咾没人晓得唐山在哪里。

等我读大学后，看了钱钢的那部报告文学，才对唐山大地震有所了解。

30 多年后，我遇到了一个从荷溪镇上当兵出去的人，他当时在北京某部，唐山大地震发生后，他们所在部队被紧急派往震区抢险救灾。那时的唐山大地已被撕裂，城市面目全非，到处都是残骸和瓦砾，沉寂而凄凉。因为缺乏救援设施，他和战友们就用双手争分夺秒地挖掘生命，还抬出了很多罹难者。

他说，冯小刚的电影《唐山大地震》还呒没拍出当时那种惨烈和悲壮。只有身临其境，才会明白什么叫"惨绝人寰"。

1976 年，是公历闰年，共 366 天。辩多了一天似乎也预示着辩一年的诡异，对整个国家来说可谓悲喜两重天。

1976 年，漫漫十年"文革"结束，中国命运开始走向生机盎然。

高家小学的操场临时成了大队开"揭批"大会的主会场，连着一个礼拜高音喇叭里都在声讨着"四人帮"的罪行。场地上放着一排排揭露他们丑恶面貌的漫画。绘画手法十分夸张，充满着强烈的视觉冲击力。

历史的一粒尘埃，压在每个人身上就是一座"巨山"，可对一个刚上小学的孩子来说，哪能会有如此深刻和复杂的感悟呢？纯粹和简单，是孩子的底色。

每天吃着咸菜萝卜干，或酱油拌饭，还要忙忙碌碌地去打猪草，我们的世界最多在方圆十里地内，贫瘠限制了想象。正因为迭能，我们所关心的也许只是，读书好不好白相，老师们凶不凶，还有作业多不多。

高家小学在我们宅上最北爿的潘家塘，招收彭家渡一到五队的小囡。啥辰光有的已经呒没人讲得清爽了，反正我哥和我姐都在那里读过。他们年纪都比我大很多，以此推算，高家小学也有些年头了。

它其实是所不完全建制的小学，只有一到三年级，每个年级也只有一个班，每班大概 30 多个学生，所以整个学校也就 100 多名学生，老师当然也少，包括校长就五六个人而已。

小学校舍十分简陋，甚至可以说是寒碜，五间九路头的大平房，两间教室，一间老师办公室，一间杂物室。还有一间则是幼儿园兼托儿所，托管着附近 20 多个村民家的孩子，都是鼻涕囡，有的甚至还穿着开裆裤。我和红伟、连明和庆弟在搿里向待过两年，所以对高家小学并不陌生，只不过红伟中途哭着闹着逃回了家。推行汉字简化时期，"高家"一度被写成了"高介"，等恢复过来时，高家小学也结束了它的历史使命，被撤销了。

学校既没围墙，做广播体操上体育课，校舍南面一大块混着沙石的泥地就算操场了。课余时，同学们就在谞里踢毽子、翻片子、斗鸡脚，甚至还有人从家里拿来了铁环，沿着场地滚。操场上矗立着一根10来米高的毛竹竿，权当旗杆，飘扬着一面五星红旗。学校既没上下课的电铃，到了点便由管总务的跷脚老吴摇着铃铛或站在操场上，或到各教室门前走一圈，提醒该上课了或该下课了。跷脚老吴也是我们宅上的人，因为小儿麻痹症的缘故造成左腿残疾，走路时一脚高一脚低，队里为了照顾他，便让他到学校帮忙。据说后来还解决了编制，最终以教师的身份退休。

其实，从严格意义上来说高家小学的老师都不能称为老师。几个人中最高的学历是高中肄业，其他都是初中毕业。在做老师前，有的是城里来的知青，有的就是本村村民。其中还有一对兄妹，哥哥教数学和体育，妹妹是音乐老师，兼医务室医生。

我读一年级时，教语文的老师是个知青，姓马，个子不高，戴副眼镜，文文气气的。他同我哥年纪差不多，也比较熟悉。马先生是最早插队落户到彭家渡的知青，后来大返城时竟没回去，一直在学校教书，还娶了荷溪镇龚家塘的一个姑娘。

马先生兼教我们体育，所以我后来常说，我的语文是体育老师教的，倒并不完全是玩笑话。

老师们为人大都纯朴，也很热心。奈何自身底子太薄，教学质量可想而知。反正他们教得稀里糊涂，我们学得也是稀里糊涂。这种状况直到我们在三年级时被合并到荷溪镇附近的中心校荷溪小学时才得以改观。

那里的老师大多中师毕业，还有个别是大学学历。

整个高家小学三个年级，就两间教室，所以一、二年级只能混班上课。这也形成了一道独特的风景线：我们一年级在上课时，同处一个教室的二年级学生则是做作业；我们做作业时，二年级学生便上课。轮流交替，但老师是不换的，一人管两个年级。大教室容纳了60多个学生，总有人会讲悄悄话，总有人在开小差，总有人在做小动作，所以教室里永无宁静。碰到脾气好的老师会耐心些，用粉笔擦敲敲讲台，提醒大家专心听课；碰到急躁的，便一声怒吼，把人的魂灵头都要吓出来。

和我住一个宅基的毛弟和"三妹子"阿彭读二年级，阿祥、阿黄和我同班，除了阿彭，其他几个人都被老师们归为捣蛋鬼一类，上课讲话、扔纸条，就是静不下心，故而少不得要挨老师们的骂。尤其是兄妹俩都是老师的那个哥哥，长得人高马大，喉咙也响，还是暴脾气。有次见阿黄在偷偷吃烘山芋，还不时轰轰烈烈地放屁，忍无可忍，一个大步上前揪着他耳朵把他拎出了教室。大概用力过猛，阿黄的耳朵竟然被撕裂了，鲜血直流，吓坏了大家，胆子小的女同学还尖叫起来，捂上了眼睛。

阿黄他爸桂田叔听说后，从地里匆匆忙忙赶到学校，了解了事情原委，二话没说，一记大头耳光打在了阿黄的头上，把阿黄扇得人差点飞出去。

毛弟最能"想出花头"，伊勿晓得从啥地方捡来了一小块镜子碎片带到学校。上课时趁老师背过身在黑板上书写，便对着外面的太阳照，阳光通过镜子碎片反射到教室里，他便依次向一些同学晃过去。阳光刺眼，阳光温暖。同学们便偷偷地笑，不时做个怪脸，有的还用手去捕捉那一缕一闪而过的光影，等老师回过身，又做出一副认真听讲的样子。

虽然痖只是毛弟的恶作剧，但痖一缕偷偷摸摸的阳光总算让灰暗的教室有了几分亮闪闪的惊喜。

高家小学教室北首是厕所，四周是农田。再往北则是一条新开的人工河。痖一片农田以前是北半爿宅上的坟地，村里人种田耕地时经常会挖到死人骨头。所以我们上厕所不管男同学女同学，一般都是成群结队去的，毕竟小，说不害怕是不可能的。

在高家小学上了两年学后，我们终于逃离了这里，到镇上的荷溪中心小学——一所百年老校上学，但不是升三年级，而是二年级的第三个学期。那一年正好轮上调整学制。

高家小学在我们离开后就关闭了。不久，队上为了扩大副业，把它用来种蘑菇，后来还养过长毛兔。种蘑菇时，我和庆弟偷偷溜进去过，里面昏沉朦胧，气味污浊，一朵朵蘑菇破坏盛开。

后来的后来，高家小学终于被拆了，翻耕后成了农田，种稻种棉花。

"侬会写写伲老早的生活哦？"红伟问。

"已经写了。"我说。

"写了啥？"

"写侬上幼儿园时，人长得大一码长一码，因为陌生不肯来，每天哭哭啼啼；女同学拉你的手，你去老师那里告状；语文考试偷看我的卷子，轮到考英语，却不让我看……"我一本正经地胡说八道。

"瞎讲！"红伟愣了半晌，好不容易憋出两个字。虽然他现在是警察，但对迭种小儿科的事也无可奈何。

连明和庆弟在一旁坏笑。耸着肩，颇为夸张。

"君子报仇，十年不晚！"我斜了他们一眼，说道，"何况我们混在一起都50年了，正是磨刀霍霍的时候，此时不报，更待何时？"

"就不该跟作家做朋友。"红伟愤愤然。

"是的，是不该！"连明和庆弟附和。

最后一个猎人

我第一次见识到老枪奚爷的风采时，刚好在高家小学读二年级。

语文老师兼体育老师马先生正在台上讲课，隔壁同我们混班的一年级学生则在歪歪扭扭地书写刚刚学会的"a、o、e"汉语拼音字母。比我高一级的毛弟已换了地方，有了单独的教室。

只听窗外"砰"的一声巨响，仿佛有什么东西在空中炸裂。教室里胆小的同学被突如其来的声音吓得瑟瑟发抖，直往桌下钻，胆大的向四周张望。连马先生也愣住了，停止了讲课。

"看，是奚爷！"靠北窗坐的阿祥兴奋地吸着鼻涕，手指向外面。同学们顺着他手指的方向，看到几十米开外的农田中，有个瘦小的身影，手里端着杆枪，还有一抹黑色的身影在快速奔跃。那是一条狗。

仿佛心有灵犀，跷脚老吴的下课铃声正好在奚辰光敲响了，呒没等马先生宣布下课，大家像炸了蜂窝般地冲出了教室。我和连明、庆弟和红伟不甘落后，随着人流拼命挤出去。

大概是跑得太猛，阿黄竟然摔了个狗啃地，一头的灰，但搿辰光呒没人顾得上去看伊笑话。

刚刚收割好了晚稻，此时的农田正在休耕中，地也呒没来得及翻，残留着一撮撮的稻茬，倔强而萧条。过不多久，地将会翻整，种上小麦或油菜，在第二年春天来临之时，会变得郁郁葱葱，而后便是满目金黄。

一个皮肤黝黑、精精瘦瘦的老人站在地里。已是深秋时节，风吹在身上虽说不上凛冽，却也有些刺骨，但老人竟然还是一身薄薄的单衣，裤脚管挽到膝盖处，脚上穿的是一双草鞋，虽说那时还是 20 世纪 70 年代末，但穿草鞋早已绝少见到了。老人精神抖擞，已将那杆枪背在肩上，他看都不看聚拢过来的学生，只是蹲下身亲昵地抚摸了一下奔出去又奔回来的狗。那狗浑身乌黑，皮毛锃亮，身材修长，大腿的肌肉坚实有力。它的嘴里叼着一只灰黑色的野兔，鲜血淋漓，斑斑的血孔中还冒着热气。野兔一动不动，显然已经死透了。老人从狗嘴里取下野兔，又拍了拍狗头。狗子便蹲坐在地上，浑身散发着桀骜不驯的气息，一双眼睛警惕地环顾四周。

后来我晓得，那狗不是普通的草狗，而是一条猎犬，其名也是简单，就叫"小黑"。他的主人，也就是那位老人，是我早已听说过，但从未谋面过的奚爷。他姓奚，这在彭家渡一带算是大姓，至于叫啥名字，几乎无人晓得，当然也呒没人会直呼其名。奚爷是尊称，代表着一种身份一种地位，至于我同学随口喊出的"屌爷"，则是奚爷的绰号。"屌"的字面意思大家都懂，一般它同什么词组合在一起，常被人理解为是粗话或脏话，透着一股轻视，甚至是不屑一顾。但"屌爷"就不一样，就是厉害、强悍、牛的意思，一个人能"屌"到被称"爷"，可想而知，辣是达到了何等的江湖地位啊？几乎到了顶礼膜拜的地步。我们荷溪镇的人要夸人厉害、出色、有腔调，往往会说辣人"邪气老卵（非常厉害）"，当然要看在什么语境下，它有着丰富的感情色彩，既可以表示夸奖也可以带有一定的戏谑、调侃成分。呒没想到"屌"和"老卵"两个词，在我们日常生活的交流中竟有异曲同工之妙。虽然听上去粗俗呒没文化，但又不得不叹服民间俗语的强大影响力。多年以后，人们把那些在经济条件、社会地位、外貌等方面相对劣势的人群，形容为"屌丝"，又是另一种说法了。那是一部分人在面对社会压力和自我认识时的自嘲和反抗，是社会中的一种群体心态，也体现了网络语言的一种特殊表达方式。

嘿嘿，扯远了，还是来谈谈"屌爷"，哦不，是奚爷。吭没人敢在奚爷面前称他为"屌爷"，虽然在乡下人朴素的理解中，犄个是高不可攀的评价，但毕竟粗俗了些，乡下人吭没文化，但"雅俗"之别大抵还是分得清的。

奚爷是我们荷溪镇一带仅剩的一个猎人，或者也可以说是最后一个猎人。我们读小学时他已经年近七十，但身体向来硬朗，就是精瘦，仿佛岁月的磨砺已将多余的赘肉尽数剥离，留下的只是结实的骨骼和健壮的肌肉。他背着那杆老枪，左右肩上各挎着一个自制土布包，一个装满了火药，一个空着用来装猎获的野物，能在崎岖不平的垄上、田野里耐力十足地健步如飞。村里有小青年不买账，跟他走，吭没跑上多久，就已气喘吁吁，被奚爷甩出去好远，只好一屁股坐在地上，由衷地吐出一句——"奚爷，真屌！"

奚爷无论春夏秋冬只穿一身藏青色的土布衣裳，脚上的草鞋是他的"标配"，是他自己用稻草打的。隆冬白雪皑皑时是迭能，盛夏酷日炎炎时也是迭能，好像他对冷热无感似的。光冲着孬点，在荷溪镇乡人们眼中，他就是个奇人、怪人。

再说奚爷那杆枪。那杆是真的老枪，也勿晓得用了多少年，结构简单，甚至可以说简陋：一个木托，一个枪管和一个用于击发的扳机。木托油光锃亮，都起了包浆。老枪不是现代意义上的枪，是火铳，或者叫鸟铳，我们小囡也勿懂，直截了当叫它"火药枪"，因为它填充的是火药，而不是一颗颗的子弹。火药是奚爷自己用硝、硫黄和炭配制的，里面混了一些细小的钢珠，打出去威力无比，有效射杀面广，碰到一窝鸟的话几乎能使它们全军覆灭，但坏处是，对鸟或其他猎物损伤极大。那天在高家小学后面的田里，他打到的那只野兔，头几乎烂了。

硝我是晓得的，在乡下阴暗、潮湿的老屋里常能见到，斑驳的墙皮上往往会有。是建筑物因潮湿或渗水时，混凝土中的沙所含的盐与水泥发生化学反应生成的一种白色物质，并随外墙裂缝或孔洞渗出来，所以并不为奇。至于硫黄和炭，奚爷哪能搞来的，那就勿晓得了。而且还能掌握好比例，恰到好处地配制出火药，孬又是奚爷的一种本事。反正在荷溪镇找不出第二人。80年代末90年代初，上海人凭关系可以弄到那种装铅弹的气枪，那是另一码事了。

不过，我听说奚爷也曾有失误的时候。他年轻时配火药，结果一个不小心，火药炸了，还好只炸伤了他的手臂，但恢复了老长辰光。

奚爷从小就学会了打猎，他的枪法很准，要是在深山老林里，就是个妥妥的猎户。但奚爷的传奇始于1937年，辣年"东洋鬼子"进入了大上海，也在荷溪镇和附近的闵行镇、北桥镇，还有中渡桥一带驻了军，设了卡。奚爷自然不敢再背着枪打猎了，呒没想到从浦东来了支游击队，领头的是奉贤人，跟奚爷打过几次照面，晓得奚爷会打枪，于是鼓动他参加游击队。奚爷本不想去的，那时他才新婚不久，正好老婆孩子热炕头的时候，哦哦，那时他还呒没小囡。但每晚抱着热乎乎软绵绵的女人享受，总比在枪林弹雨中跟"矮东洋"们拼杀要好得多吧？不过奚爷毕竟是有血性的，最后还是答应参加队伍。

奚爷参加的迭支队伍叫"忠义救国军"。他当时也弄不清楚辣是国民党的，还是共产党的，反正跟着那个姓丁的奉贤人就是。他背着一杆老枪，同队伍辗转浦东、奉贤、青浦一带，同日军和伪军周旋，直到1945年日本投降。

于是，奚爷向已升为队长的老丁提出要回荷溪镇彭家渡，奚爷那时已有了小囡，是他参加队伍前下的种，如今都已5岁了。他老婆托村上的人千辛万苦找到他带话给他，说再不回来，伊就同小囡一起便宜给人家了。奚爷想想愧疚，还真对不起娘俩，于是无论丁队长哪能劝，他都要坚决回去。好不容易赶跑了"东洋鬼子"，结果自己的老婆带着孩子跑了，辫算哪能回事体？

奚爷回到村里，继续他的打猎生涯，也从此同丁队长他们失去了联系。

再听到丁队长的消息是多年以后的事。原来老丁后来参加了共产党的队伍，还被任命为游击队司令员。1948年2月转战到青浦沈港时，被敌人围困，激战时终因寡不敌众，不幸中弹牺牲。

宅上的人对奚爷说："如果侬不回来，讲不定也弄个司令当当。"

奚爷瞪了对方一眼，回道："子弹不长眼，也有可能翘辫子了。"

自从听到老丁牺牲的消息后，奚爷便变得沉默寡言。他原本话就不多，自此更是难得开口。

奚爷背着老枪，土布包里装满了火药弹，带着猎犬到处跑。跑到奉贤、跑到松江，打鸟、打野鸡、打野兔，也打黄鼠狼，甚至是狗獾，每次打猎都不会空手而归。就迭能风里来雨里去，在寒风中在夏日里，从青年打到了中年，又从中年打到老年。他像一个独行侠似的，游荡在乡野中，可是这块天地不够广阔，野物越来越少，逐渐地，奚爷的"战果"也越来越少。

到80岁的时候，奚爷终于不再出去打猎了，不是他老了打不动了，也不是他累了不想打了，而是他呒没枪了。

镇上通知，说根据市里要求，所有民间的枪支在规定时间内一律收缴，不管是火铳、鸟铳还是气步枪。如发现私（窝）藏者，将依法处理，严重者要蹲监牢吃牢饭。

十里八乡都晓得奚爷，更晓得奚爷有杆老枪。第一时间派出所的警察就找上门了。

来的警察以为奚爷一定不会缴上那杆陪伴了他大半辈子的老枪，还在搜肠刮肚地想着说辞。

奚爷沉默着。而后他从八仙桌上拿起那把铜制的水烟斗，把烟叶慢慢填进去，点着了，深深地吸了一口。

吐出浓浓的烟圈后，奚爷道："公安同志，不用俪（你们）费心了。"

当着警察的面，奚爷把老枪砸了，枪管子扭成了麻花，那带着包浆的枪木托被他扔进了灶火中。

在火光照映下，在场人看到，奚爷的眼睛红红的，泛着光。

呒没了枪的奚爷从此不再出门，就端坐在客堂间的竹椅上，捧着他水烟斗从早上坐到晚上。

一个多月后，奚爷无疾而终。

好欺不过"呒爷囝"

6岁的时候，我哥用几块木板、4个轴承给我做了一辆简易的小拖车。

我用它来装东洋草、水葫芦和捡来的柴草。

东洋草、水葫芦喂家里养的两头猪，柴草用来生火做饭。

说起我家的两头猪，真是贪吃好斗的典范。尽管猪鼻孔上穿了铁丝，却始终抵挡不住蠢蠢欲动的贼心，刨坑掘地撞墙互殴无所不能。我怀疑是村上的兽医阿岳林呒没把它们骗干净，它们便越发猖狂起来。它们是猪，我呒没办法跟它们讲道理，只能每天多弄点杂草饲料，盼着管饱后能消停些。暗想，等到过年时，屠刀高举，尔等让我伺候的好日子也到头了，于是心里便平衡了些。

我哥的手工能力勿算好，他以前给我做过"菱角"，也就是陀螺，闽南称作"干乐"，北方叫作"冰岔"或"打老牛"。玩时得用绳子缠绕，再用力抽绳，使之直立旋转。我们一帮小囡经常用来比赛，谁的"菱角"旋转的时间长，谁就赢。我哥做的菱角整个表面坑坑洼洼的，相当粗糙，抽起来吭没旋转几下就倒了。瘊次的轴承小车也勿哪能，但我还是满心欢喜。

南首的明昌来抢，硬说小车是他的。他比我大好多岁。当然瘊不是主要的，他可以迭能明目张胆，颠倒黑白，只是因为上面有好几个哥哥。有人撑腰，他自然有恃无恐。

我大哭，我姐看到了，不顾一切地扑上去，和明昌干了一架。

我姐比明昌年龄稍大一点，但长得瘦瘦小小，此刻却爆发出了洪荒之力，把明昌揍得嗷嗷大叫，最后一把鼻涕一把眼泪地逃之夭夭。

我妈从地里回来，看到我姐披头散发，脸上还有红丝丝的血痕，吓了一大跳。

问清缘由，我妈背过身，幽幽地叹了一口气："吭爷囡，总是要被人家欺啊！"

一股心酸和悲凉笼罩着灶披间，似乎让整个小屋的光线更暗淡了，黑沉沉的，透不过气。

我哥告诉我，父亲是 1973 年 3 月 16 日去世的，对此，我毫无记忆，对父亲更呒没啥印象。

　　唯有一个场景直到今天挥之不去：父亲去世了，他静静地躺在龙华殡仪馆里，亲人们去向他做最后的告别。我傻乎乎地问："阿爸怎么了，他干吗躺着？"在部队当军官特地赶回来奔丧的小娘舅轻声告诉我："倷阿爸困着了，他太累要休息了。"多年以后，我看一些文字，读到类似的文章，描述到这种场景时，心中一揪。原来，大人们对小孩子诉说死亡时，大抵会说"他睡着了"之类的话。一个善意的谎言，其实也是无可奈何。因为孩子对死亡是呒没任何概念的。

　　父亲的去世，使我们这个小小的宅上又多了我妈这样的一个"孤孀女人"。勿晓得是啥原因，那几年，宅上有好几个中年男人去世，西隔壁孃孃家的男人、顺辉的阿爸……有人说是风水，也有人说是水质。

　　那时我才 4 岁多点——当然，我妈说我是 5 岁，乡下的习惯讲虚岁，就算你是过年前的最后一天生的，过了年就是两岁的小囡了。迭种算法有些奇怪，也勿讲道理，可事实就是迭能。反正在上海的乡下大多如此。

　　不管是 4 岁还是 5 岁，辫阶段的记忆其实是很单薄的。影影绰绰，抓不住一点实质的东西，即便有，过去了介许多年，也是如烟如丝般飘浮不定。

父亲属于英年早逝。那年他才 42 岁，迭个年纪正是年富力强的时候，也是属于家庭顶梁柱，上有老下有小，却因肝癌撇下妻儿撒手人寰。后来听我妈和我姐她们说起，他从发病、入院到去世，只有短短几个月的时间。一切来得太快、太突然了，估计他连遗言都咮没想好。也许在心里认为瓣只是一场偶然的小疾，如感冒般，马上会好起来的。而我则因实在太小，懵懵懂懂的，不记得有没有去医院看过他。倒是哥哥和姐姐说他们跟着我妈去过，那时哥哥已下了农田，姐姐则还刚上初中。

父亲就这样从我们的生活中消失了，于我一点也咮没啥感觉，只记得我妈每天在客堂间里以泪洗面，不吃不喝，哭累了就闭着眼睛休息一会。那年她才 37 岁，要拉扯半大不小的哥哥和姐姐，还有我。

姐姐也哭，边哭边去河岸边割草，准备喂猪的饲料，而哥哥倒是坚强，只不过沉默无语。我少不更事，不懂伤心。生活如常。只是偶尔会想起好长辰光见不到阿爸了。

在乡下，"咮爷囡"或许有被同情，被怜悯，当然

44

被人看不起，被人欺负也是难免。虽然我一直认为，彭家渡一带民风淳朴，乡里乡亲的相处还算和睦，但尘社会，从古到今总是有一部分势利的人存在，那种从心底泛起的小恶是种病，根治不了。割了猪草半路上会被人抢去；看到别家小囡端着饭碗美滋滋地吃着，多盯一眼，也会引来鄙视的目光；还有，因为调皮捣蛋，就会被大人呵责，大体意思无非是"吭爷囡"缺乏家教之类的。但好在我的内心足够倔强，才不至于唯唯诺诺。岁月如碎石，稀里哗啦砸过来，把原本坎坷不平的路砸得更加残破不全。但无路可走也得走呀，咬着牙走。现在想来还有一个原因，我上面分别有比我年长 13 岁和 8 岁的哥哥姐姐，由他们扛着，我被欺负就少了些，或许也还是因为太小，有些事不记得了。再说，我原本就是不太记仇的人。

上初中时，学到朱自清先生那篇写他父亲的著名散文《背影》，读着父子俩在车站分别的情景，父亲为买橘子攀爬月台的细节，以及父亲对儿子的叮嘱，突然哽咽不已。我这时才深刻地意识到，原来我的生命中竟然吭没父亲这个如此重要的男人，似乎从吭没听过他的唠叨，感受过他的关心。多年以后，我和曾经当过大学老师的寇先生聊起关于"父亲"的话题。寇毕业于复旦，有着较为深厚的学识修养，如今大隐隐于市，在我家附近开了一家叫作"南回归线"的咖啡馆。他说：对于朱自清来说，父亲是一个背影；对于卡夫卡来说，父亲是一场判决；对于傅聪来说，父亲是一封家书；对于厄普代克来说，父亲是一次握别……步出他的咖啡馆，我一直在想，父亲对我来说是什么呢？我无比惆怅地发现，他只是我脑海中偶尔闪过的一团影，飘浮不定。

有时我会升腾起奇怪的念头：我幸也不幸。不幸，当然是从小吮没感受过那种父爱如山的亲情，生活中缺失了父亲这个重要家庭角色的护佑，幸福感和安全感又何从谈起？而幸，是因为在我还吮没记事起，父亲就离我而去。基本上属于吮没感受过父爱，迭种失去父亲的痛就不那么强烈，不那么无所适从。天，在我懂事起早就塌了，寒风袭来，凛冽刺骨，但我以为原本就是迭能的。

虽少失父，但我吮没能做到"早而辩慧"。寡母大字不识一个，教会我的是良善和坚韧。"要张（争）气"，是她的口头禅。在年少的时候，我常常从别人的眼中读到他们对我的同情和怜悯，我少有抵触，或哀叹自己的命运。只是不响。我已不幸拿到了"苦难"迭本书，自

46

己读读就可以了，大可不必对着别人喋喋不休。

生活对我并不温柔，但我想竭尽全力让它变得生机勃勃。

我曾不止一次地问我妈和我姐，父亲到底是个什么样的人。我妈说：父亲瘦瘦高高，话不多，手脚特别勤快；我姐说父亲人最好，宅上的人呒没一个讲伊坏话的。她还说"他最宝贝的是你，无论是农田劳作还是后来进国营大厂后，再苦再累再晚，他都会抱抱你，把你逗开心"。

迭些我全无印象，连父亲长啥样我都不记得，哪能还会记得这些？但渴望了解父亲的心却越发强烈。

父亲几乎呒没留下过任何照片，那个年代拍照是件极奢侈的事，不要说他，连我小辰光也呒没拍过什么照。但我总感觉父亲的骨灰盒上有他的照片。在彭家渡大动迁前，父亲的骨灰盒呒没落葬，静静地安放在客堂间的墙上，用一块隔板托着。

一半是好奇，一半是怀念，在迭种心理促使下我终于忍不住冲动。读初二时，某一天，我用瘦弱的身体扛来了一把木扶梯，依着墙颤颤巍巍地爬上去，又小心翼翼捧着骨灰盒下来。果然父亲的一张一寸照片插在骨灰盒前。我擦去盒子上的灰尘，取出了那张照片，认真地端详。照片上的父亲剪着短发，脸上是淡淡的笑，衣服是当年乡下司空见惯的老布布衫。我的眼眶湿润了，脸上慢慢地淌满了泪。

我拿着照片躲进小屋，而后在一张 A4 的画稿纸上一笔笔地临摹。我那时候自觉有绘画的小天赋，一直梦想着将来成为一名画家的。所以我哥给我买了不少绘画方面的书籍和工具，我则努力自学。一个下午用炭笔临摹完毕，自己看着画像和照片相差无几，终于松了一口气。晚上，我妈从农田忙完回家，我便把画像递给她看。我妈捧着画像，呆呆地看着，半天呒没作声，最后喃喃而语："像，真像，是俫爷！"

我妈呒没哭，估计十余年来她早已把眼泪哭干了。后来我妈问我："你不是说对俫爷早呒没啥印象了嘛，哪能会画得出来的？"我如实以告。她沉默了一会说，"把骨灰盒放放好，别摔坏了。"

我自然是无神论者，可也有些忌讳，如果逝去的是不相干的人，定不会去碰舛种东西，但面对父亲的骨灰盒，虽然我才十四五岁，却坦然平静，甚至心里有种小小的激动。

慢慢长大，听宅上人讲述了不少关于父亲的往事，他的身影越发清晰起来。原来父亲曾经当过兵，是志愿军，原本想着雄赳赳气昂昂地跨过鸭绿江保家卫国，可惜出发呒没多久就患眼疾，无奈只好回到家乡务农。他担任了生产队长，一做就是近20年。后来，地处闵行的"四大金刚"之一上海重型机器厂招工，父亲作为先进代表被推荐了去。在做了二年劳务工后转正，不料，才领了一个月的工资，即发病，呒没过多久就过世了。

宅上的老人说："俫爷是呒没福气啊！"

也有人说："哪能好人就不长命呢？"

父亲是好人，是因为：他从呒没有跟村上的、工厂里的人红过脸、吵过架；他担任生产队长期间，每天出工最早，收工最晚；生产队从最南头到最北头直线距离有三四里之多，他派工都是一家家走着去派；宅上的啥人家有困难，他总是第一时间去相帮，虽然他能力也有限；父亲的体质不算好，力气也不大，但重活累活总抢着干……现在活着的老人大都比他小，直到今日，他们说起父亲，都会敬称一句"木荣阿哥"。

宅上有人去世，我去参加大殓。自从2000年彭家渡大动迁后，村民们大多搬离了故土，散落到各处。现在唯一能聚起来的便是宅上有人家办丧事，接到报丧后，各家会派出代表参加葬礼。在矲种场合，难免会碰到一些老人，他们又说起我父亲，说父亲如果活着也有 90 高龄了，可惜了……曾经跟他在上重厂同一个车间工作的老高说，当年他老婆生了双胞胎，父亲还专门买了一包红糖送给他。70 年代初期一包红糖绝对是老价钿，而且还要凭票的。

　　老人们絮叨着，为我残缺不全的父亲印象又补了一页。

一路春风野菜香

"三妹子"阿彭又在叫我，声音又尖又长，非常有特质，隔着老远，呒没看到人，就晓得是伊。

阿彭来叫我，是让我跟他一起去挑野菜去的。虽是四月春已深，但在乡下，正是油菜花初开香气四溢的时候，此时各种野菜也是生机勃勃，躲在田间地头沟旁渠边野蛮生长。

阿彭比我大一点点，同一年生的。因为他是大月生，而我是小月生，他读书便比我高了一级。他姓彭，在我们宅上属于小姓，但我们彭家渡却是以他老祖宗的姓命名的。据说早在朱元璋辦个野庙里出来的小和尚在应天城坐上龙椅时，他家老祖宗便在村南首的黄浦江边弄了条摆渡的木船，供乡人来往于奉贤庄行、松江叶榭一带。当时的渡口就叫彭家渡，一直保留到今朝，成了村名。不过彭家人丁并不兴旺，在我们这个近千户的村里，属于忽略不计的姓氏。五队虽有个宅基叫彭家里，但只有一撮撮几户人家。而到了我们宅上，竟然只有"三妹子"一家是姓彭的，你说怪不怪？

对的，"三妹子"其实是个绰号。上海话中，把财积（蟋蟀）中的雄性称为"两妹子"，雌性则称为"三妹子"。辩称呼的由来是基于财积生殖器官的差异，其中雄财积的尾部有两根"刺"，而雌的尾部有三根"刺"。有好事者后考，说不应该叫"二妹子""三妹子"，而是"二尾子""三尾子"。反正我们是不以为然，上海话本来"黄王"不分，啥人搞得懂。至于阿彭究竟做啥被起了个"三妹子"的绰号，其实也是无从考证，大致可能同他的说话声音有关。当然这只是我的猜测。等我们长大后，有次一起吃老酒，我问他缘故，阿彭一脸无奈委屈，说他也勿晓得。说辩话时，他的声音依旧尖尖的，尾音拖得长长的。唉，辩声音，哪能可以几十年呒没变呢？

毛弟等一帮小囡喜欢欺负阿彭，叫"三妹子"绰号来得个（非常）起劲，我不太喜欢，平常辰光就叫伊"阿彭"，碰到闹点小矛盾，才会气恨恨地叫伊"三妹子"。我和阿彭平时经常换小人书来看，屋里向有"好吃头"也会和对方分享，所以关系一向蛮好。

"玉林，晓得哦，昨天阿祥挑荠菜卖脱，赚了二角洋钿。"阿彭左手提着个竹篮，脸红扑扑的，眼里冒着光，对我说。

"介多啊！"我惊呆了。二角洋钿就是二毛钱，到荷溪镇上的小三店（烟杂店）可以买到四张香喷喷的白芝麻饼，在我迭种八九岁孩子眼里已然是巨款了。

阿彭使劲地点了点头："是啊是啊，伊搭（和）毛弟到南首阿花家旁边的野地里挑的，阿祥讲那里荠菜长得特别兴（旺）。"而后又催促我，"俫快点去拿篮子、剪刀，去晚了都被挑呒没了。"

"哦，哦！"阿彭的话让我急不可耐起来，仿佛再不赶紧去，辩泼天富贵就要同我擦肩而过，于是急觞觞到自家的客堂间找来竹篮头和剪刀，同阿彭向阿花家方向一路小奔。

江南丰沃的水土是十分适合各种野菜生长的。在我的印象中，我伲老家，芥菜、马兰头、香椿头之类的最为常见，还有枸杞藤（头）、油麦菜和草头等。后两种其实早已不算野菜了，多年前乡下头人家在自己的宅基地便开始了种植。其实，我小辰光一直认为草头就是家里种植的蔬菜，后来我妈告诉我，迭种也是野菜。一查，还真是的。

　　野菜之所以称野菜，那自然是因为它的"野"性，生于田野，无须人工栽培、照料，只要有适合的土壤、水分和空气，一到季节就能自由勃发，恣意生长。可以算作是大自然对生活在这块土地上的人们的一种馈赠吧。

　　野菜具有时令性，主打的是一个"鲜"，做法也是简单至极，吭没那么多讲究，土法炮制，更具原味。比如荠菜，可凉拌、煎蛋，还有作为糯米食品的馅头，像我伲荷溪镇家家都会做的塌饼，里向会放剁得细碎的荠菜，和肉馅和在一起，特别香。马兰头也是以凉拌为主，如果同香干炒，则味更佳。马兰头香干已成为上海食谱中的一道特色菜，尤其是农家乐中，在春天时季，餐桌上吭没莏道菜，那迭能的农家乐一定是不正宗不地道的，有种"挂羊头卖狗肉"的嫌疑。至于香椿头，是民间喜采食的传统"树头菜"之一，具有浓郁的芳香气味，也是时令名品，用来生食、热食皆可，可用来煎蛋、拌豆腐、凉拌、腌制。而枸杞头，则可泡菜、清炒、熬汤、煲汤。莏些野菜都有"食药"两重性，自带着天然的药理属性。乡下人文化知识不丰，但上千年老祖宗的传承，当然明白瓣点。

介许多野菜之中，我们最钟情的还是荠菜。在乡下有句俗语，叫作"三月三吃荠菜赛金丹"，故而荠菜被称为"野菜之王"，不光鲜嫩美味，营养价值高，宅上的赤脚医生权忠说，它还有清热解毒的作用，"拉屎拉不出来，一吃就灵。"不过，那时在我们迭帮小囡眼中，它就是野菜，平时是不屑的，之所以钟情它，并不是为了吃，家里宅基地上种的蔬菜很多，够我们吃的了。挑荠菜的真正目的，是为了卖，卖给附近大厂里的工人们——那些从城里来的工人，从而赚得一点零花钱，可以买糖，买芝麻饼，买野鸡蛋糕（海棠糕）。

所以，一到野菜茂盛的季节，就算是在家里"油瓶倒了都不扶"的懒料坯小囡，便也卖力起来，撸起袖子奔到原野之中寻找野菜，准备大干一场。

我和阿彭赶到阿花家附近的野地时，看到毛弟和阿祥阿黄他们几个早来了，正在碧绿的草丛中撅着屁股挑野菜，每人身边照例是一个小竹篮。毛弟出现的地方，总有阿祥、阿黄两个跟屁虫的身影，所谓"秤不离砣砣不离秤"，大致如此的关系。除了毛弟他们，还有宅基北半爿马家塘的马弟弟、忠奇，另有秀芳和龙娟等几个女小囡。箇几个都比我们大几岁，平时也不带我们玩，尤其是秀芳、龙娟是女的，都上初一了，更看不起我们迭帮子"小鬼头"。不过，此时此刻，为了同一个目标，我们都走到一起来了。

阿祥、阿黄看我们的目光明显不爽。尤其是阿祥，他撸了一把鼻涕，恶狠狠甩了出去。我晓得，他们是怕我们抢了野菜。迭块坑坑洼洼的野地说大不大，说小不小，就算野菜长得兴，但人一多，每个人能挑到的可能就少了，竞争有时实在是无法做到良性的，何况大家挑回去还不是自家吃，而是去卖，卖的地方又是同一处，又得多一层竞争。

倒是毛弟挺大气的。他瞪了阿黄一眼，随后笑嘻嘻地冲我们说道："三妹子、玉林来了？俪到那边去挑。"毛弟用手指了指他的左手不远处，"我刚刚看过了，有不少荠菜，还有马兰头。"毛弟长得人高马大，喜欢讲义气，做事体上路，箇点我倒是对他一向佩服有加。20世纪90年代初期，毛弟自己开工厂做老板，经营一家领带厂，一度生意红火，之后他把全部资金投入了股市之中，起初也赚了不少，但最终输得光屁股，好长辰光翻不了身。这是后话。

因为毛弟，阿祥、阿黄不敢挑衅我们，于是相安无事。在同马弟弟他们打过招呼后，我和阿彭便找了块地开始挑野菜。

野草多，荠菜混杂其中，勿太好寻，所以挑起来速度不快。挑时也要小心，保留一点根部，不能太多也不能太少。保持美观，看上去整齐鲜活，要"恰恰好"，过狠地把根部去了，会散了叶子，勿好看，分量变轻后卖出去更勿合算。所以挑野菜还真是一门技术活，全凭个人的判断力和手感灵动性。清明过后的荠菜是最新鲜的，口感好卖相也好，所以很受食客们的欢迎。而辩辰光的马兰头有点老了，最鲜嫩时应该在二月底，不过有总归比呒没好。我们在挑荠菜时，看到马兰头当然一并挑了。

大概挑了两三个小时，篮子终于满了。不能压，压了就挤坏了，让它蓬松些才好。我们腰酸背痛，鞋子、裤脚管上沾满泥土，但收获的喜悦还是甜甜的。

还有点辰光，于是赶紧回家，分拣野菜，用不着汰，洒点水就可以了。最后宅上一帮子小囡浩浩荡荡地赶往重型厂工人宿舍楼售卖。

重型厂宿舍楼在江川路上，荷溪镇的东半爿一点，离我们宅基有六里路。我们人小，挎着个篮子走不快，花了半个多小时才到。重型厂是个大厂，有着近万的工人，但很多工人是每天下了班乘厂车回家的，一部分人住宿舍。宿舍有多处，舜里的宿舍是离我们宅上最近的。宿舍楼的对过是个车站，一帮子小囡就在舜里占地摆摊，等待下了班的工人前来挑选。野菜价廉物美，对那些吃腻了食堂的青工们来说，无疑是种诱惑。

　　车站四周乌泱泱一片人，不光是我们宅上的，还有隔壁宅上的，甚至邻村的。场面看上去好像荷溪镇一带的小囡都来了，闹哄哄的，嘈杂而无序，大一点的小囡争着向买野菜的工人介绍自己野菜的好。我人小，又不善言辞，本来雄心勃勃地要卖它个一角两角的，底气瞬间怵没了，只能蔫兮兮地站在一旁。不时被旁边的小孩推搡着，于是赶紧蹲下护住篮子，怕一不小心被挤坏了。

　　卖野菜真是一份煎熬。我大概是不适合迭种场合的，胆怯又不会讲好听的话，所以摆摊收入惨淡。同样一篮子荠菜，毛弟、阿彭他们能卖上一角二角，到我这里，顶多卖上五分八分。有次一斤多的荠菜只卖了两分，被人压价压狠了，也勿好意思争辩。那些工人门槛精得很，讲不过人家，要么不卖拔（给）伊，要么眼睛一闭吃亏一下自认倒霉。

终于有那么一次，在毛弟的帮助下，我的一篮子野菜卖了一角二分。那天回家时天色已暗沉，我手里攥着那张角票兴奋地在田岸上蹦蹦跳跳，眼里闪着光，有种想翻几个跟斗的冲动。

我朝着落在身后的毛弟喊："毛弟毛弟，我请你吃云片糕。"

家里还有一小条云片糕，是浦东孃孃春节时来我家送的。

要吃“好吃头”

阿祥被他爸木春叔打了，打得屁股开花，小半个宅基都能听到他的鬼哭狼嚎。

木春叔脾气暴躁，做事体辣手。他把阿祥摁在长板凳上，用毛竹爿打伊。阿祥娘拦都拦不牢。

“小浮尸、烂糊棺材，现在敢放火，以后就敢杀人，勿好好过日脚，真要当枪毙鬼了！”木春叔一边打一边骂，咬牙切齿。

也难怪木春叔发火，阿祥掰赤佬竟然带着忠奇、马弟弟、阿黄等一帮宅上的小囡把黄浦滩上一大片芦苇给烧了。初冬西风烈，火势漫卷，马弟弟差点变成“北京烤鸭”跑不出来。要不是大队电工阿高正巧路过看到，冲进去把伊抢出来，事体真的要闹大了。

参与了迭趟放火行为的小囡都受到了屋里向大人的惩罚。竹笋烤肉（用竹条打），噼里啪啦。

我姐正在地里上工，听说后紧张地跑回家，拉着我到门角落里头，问我去了哦。

我讲我在学校里跟奚谨一起出黑板报呢，根本勿晓得发生了啥事体。

奚谨是我们班上的女同学，伊爷娘是新疆生产建设兵团的职工，但老家却是彭家渡的，伊小辰光被送回上海寄住在大伯家。伊读书好，是班长，我因为作文比较好，混了个宣传委员当当。碰到班级里黑板报，伊写字，我画画，设计版面。我俩从小关系蛮好，读高中时，伊因为户口在新疆，是借读生，只好又回到当地。伊张气，考大学考回了上海，从此在上海发展，后来还开起了厂，我们开始称伊"富婆"。

我姐听到我跟班长在一起，才大大地松了口气："唉，差点闯穷祸哦，还好呒没弄出人命事体来。"

隔了几天，我才从毛弟那里晓得，阿祥他们那天是到黄浦滩"假烧饭"去了。

黄浦滩一向是我们迭帮小囡的乐园。夏天可以游泳，一口气游到对江的奉贤，到农田里偷西瓜，被人看到骂山门（骂人），就跳到江里再逃回来；平常辰光到堤岸边割猪草、做游戏、捉迷藏。潮落时，黄浦江会形成很宽的滩涂，一帮子小囡就沿着江边捉鱼摸蟹。一天下来，浑身都被晒得乌黑油亮，但带去的小篮子里断少不了"战利品"的。回到家，大人看着孩子们一个个泥猴似的鬼样，心里生气口中也骂，但见有鱼有蟹，口气就软了许多，之后只剩下担心的嗔怪了，作势打一记头塔后就接过篮子开始拾掇，在灶上点了火，煮熟后一家人聚在门口，支个方桌搬个板凳便乐滋滋地吃开了。

　　每到九、十月，黄浦江还有"蟹发""蟹潮"，江水里的大闸蟹像发牌或潮水一样，会纷纷涌向岸边，村里的男女老少都会带着脸盆、竹笋加入摸蟹的行列。做啥叫"摸蟹"而不是"捉蟹"呢？原来摸蟹有独到的方法。潮水一来，螃蟹就被冲到滩涂；退潮之后，沙石里都会埋着蟹。瞅准潮退的时候光脚到岸边，经验丰富的爷叔嬢嬢晓得哪些缝隙里藏着螃蟹，迅速踩上去，再慢慢地把脚底下的蟹给挖出来，迭种方法效率很高，二三两一只的大闸蟹，一天能摸到十来斤。蟹摸得多吃不掉，除了送给亲眷朋友，剩下的就养在家里的腌缸里。农家食蟹只用煮，胜在水清、蟹肥。

　　对我们迭帮子小囡来讲，最热衷的还是"假烧饭"——从家里偷偷拿了米、黄豆、鸡蛋等跑到黄浦江滩头煮，颇有种野炊的乐趣，当然前提是要避开大人。

"野饭香炊玉，村醪滑泻油。""野炊未到也饥嗔，到得炊边却可人。"但我们那时候怎晓得古人的迭番意境，纯粹好玩而已。

说是"假烧饭"，其实是真的在做饭。

我们用岸边的小石块垒成几个土灶，放上个小铝锅，或搪瓷碗，盛了米、小菜，又捡来芦苇枯枝点燃。有人还会捉来小鱼小虾，甚至蛴蟆，清洗后一并煮。盐和酱油都是早备好了的，择机放入即可。

虽然灶火简陋，缺这少那，但参与者兴致颇高，分工明确。呒没过多久，一顿热气腾腾的野餐便正式开始了。烧菜煮饭的水平勿哪能，但都吃得满口生香。

经常有料作（衣料，引申为人品）坏的大人，趁我们结束"假烧饭"回去后，把那些辛辛苦苦垒的土灶给一脚踹飞。

于是，毛弟便攥着拳头，恶狠狠地骂道："老棺材、老崩瓜，被我晓得是啥人阴损的，把伊摁到黄浦江里，叫伊做只老乌龟。"

我们跟着一起咒骂，义愤填膺，同仇敌忾。

阿祥豁天是见囡头子毛弟不在，颇有种"千年老二，成功上位"的得意，于是兴冲冲地带了一帮宅上的小囡去"假烧饭"。饭吠没烧熟时，赤佬一时手痒，便用火柴点燃了周围的芦苇，结果本已枯萎的芦苇一下子烧了起来，逢风起火越加猛烈，把正在烧饭的其他小囡吓傻了，根本挪不开腿逃走。要不是阿高在堤岸上走过，发现了险情，恐怕真的要乐极生悲。

马弟弟在逃跑时，被滩涂上的石块给绊了一跤，来了个狗啃屎，身上沾满了泥浆，连头发都烧掉了一大片。

阿祥就是迭种成事不足败事有余的"小浮尸"。

我们迭帮小囡被大人严令勿准再去黄浦江边上白相。

再白相，打断脚。

直到过了好长辰光，大人们慢慢放松了警惕，我们才得以再到黄浦江滩涂上撒欢，开始"假烧饭"的自娱自乐。

那时，对吃的渴望胜过一切。

我哥曾跟我透露一个秘密。他在荷溪中学读书时，看到老街上点心店里的大肉包，总是馋得口水滴滴答，但身上又吠啥钞票，只能干瞪眼。

一次，我哥听同学说可以用大米到街上的粮管所换钞票，于是动起了小脑筋。每天早上去上学时，他趁我妈不注意，便用一个布袋偷偷装了点米放进书包里，经过粮管所便进去兑换，每次能弄上个一角两角的。等放学后，我哥就迫不及待跑到点心店买肉包吃。

做了坏事体，天总归要亮的。辰光一长，最终被我妈发现了，狠狠地把我哥骂了一顿，于是他再也勿敢偷拿屋里向一粒米了。

我哥说，那时包子里的猪肉真是香啊！

我哥对大肉包有执念，而我却对一种叫"考"的乡土小食情有独钟。

所谓"考"，简单地说就是一种面制品，擀成薄片后剪或捏成各种花样，下锅油氽。

在上海乡下头，不同地方的人有不同叫法。有人说它叫"花""花花"；也有人说在奉贤称为"毛豆结"；更有称此物为"麻叶""油灵子"的。

我之所以对"考"很有亲切感，不仅是因为它是我小辰光的美食，而且那时还做过"考"。做"考"的缘由不是我的手艺如何了得，其实在之前从呒没做过，只是曾经跟在妈妈姐姐后面打过下手，而后来仅有的一次做"考"经历，究其原因主要还是"馋虫"难熬吧。

十二三岁时，有天我妈和我姐去浦东陈行的外公家，而且要过夜不回来。我一个人待在家里开始"想花头"，东翻西找，看到家里有一口袋新碾的面粉，于是有了主意，心想着做"考"来犒劳一下自己。

于是取粉、加水、揉面。面中要加白糖，让它带点甜味。费了一番力气终于把面揉好，便开始做"考"，想着各种花样图案，有麻花状、有蝴蝶样，甚至还有"百脚虫"，总共做了几十个，都是用剪刀剪的。我平素喜欢画画，有点美术底子，故而做出来的样子倒勿哪能难看。而后就是下锅油氽了。氽"考"很费油，就如氽油条一样，油少氽不起来，"考"会直接粘在锅上。我一边要忙着给灶里添柴，把油烧热起来，一边还要掌握时机，把"考"下到油锅，油不热不行，过热的话又会着起来。辂种紧张感实在把人折腾得手忙脚乱，顾此失彼。还是水平问题，结果竟然把一半"考"给氽焦了，黑乎乎的，吃到嘴里一片枯苦。好在也有成功的，辂让我总算有点小小的成就感。

第二天我妈我姐回到家，马上觉察出我做了坏事体，因为家里的一罐子油全部吭没了。于是一顿臭骂避免不了。

上海乡下头，向有尝新之俗。

逢新麦上市，摊面饼，炒麦粉，剁面，裹馄饨，熯烧饼，汰面筋，做黄酥塌饼、油炸饺子；夏收后，煮绿豆汤、赤豆汤；秋收登场，新米炒粢饭，用糯米粉拌时鲜菜叶煎塌饼，做豆黄巾团、苦草圆子；冬做酒酿，煨番薯、胡萝卜。箇些都是我们眼中的"好吃头"，箇些"好吃头"，背后其实还有很多讲究：比如"考"，是指嫁出去的女儿，在婆家做好农活，带着迭种用面团剪出花样油炸而成的食品，回娘家看望双亲，"七月秋香，望望爷娘"，寓意孝顺；还有新生儿第一次到外婆家，外婆要亲手制作塌饼，讨个口彩"塌塌滑滑"，意为"顺利，平安"……有人讲，箇些传统食品不仅是口味极佳的风味小吃，也展示了独具特色的乡土智慧，但在我看来，是我伲老祖宗嘴巴馋，想出来的花头经。

对我来说，还有一种好吃的东西不得不提，那就是蟛蜞。

蟛蜞在荷溪迭种沿江地区屡见不鲜，一般生活在稻田边的小溪、沟渠、堤岸。

蟛蜞虽小却非常肥美，比河蟹肉少，但香浓有得一比，可蒸可炒可油炸，所以它是当地乡下头饭桌上的一道家常菜。

每年六月正是蟛蜞横行之时，于是村上不管大人小孩，无论男女，都会带上小铁锹、蟛蜞条（一种专门为捉蟛蜞而打制的小铁条）、竹篓，到河道边、沟渠里抓蟛蜞。蟛蜞喜打洞，看到那些小小的洞铲下去，或用蟛蜞条捅，躲在里面的蟛蜞就会跑出来，一抓一个准，用不了多久竹篓就满了。在捉蟛蜞的同时，我们还会摸些螺蛳带回去，迭种也是相当不错的美食。就比如现在，人们在秋风习习时喜欢到阳澄湖吃大闸蟹，除了蟹、白鱼、清水虾外，螺蛳也肯定是必点的湖中之宝。

蟛蜞的个头是一般螃蟹的三分之一，大一点的也才二两左右。荷溪镇人喜欢做面拖蟛蜞、毛豆子烧蟛蜞，再来一盘葱油螺蛳，一盘从自留地割上来的时令蔬菜，就能凑成一顿美美的晚餐了。也有家庭主妇直接把蟛蜞一切为二，扔到锅里，浇上酱油红烧。晚饭烧好了，支个小桌在屋外，一家人团团坐，吃饭闲扯，味道好极了。

还有邻居闻到香味，端着饭碗便过来了，毫不客气把筷子伸向桌上。一般人家还喜欢做醉蟛蜞，用刷子将蟛蜞仔细汰干净后，再用凉开水冲洗，放在大小合适有盖的瓶罐里，倒进高度白酒，加少许糖、盐、生姜丝，加盖醉泡。基本上第二天就可以吃了，其味鲜美、色泽自然、肉质生嫩，佐酒下饭两相宜。

我们乡下头还有一句歇后语，叫"蟛蜞裹馄饨——里戳出"，形容、嘲讽那些在日常生活工作中并不少见的窝里斗、胳膊肘往外拐、吃里爬外的现象，还是蛮形象、生动的。但我真吮没见过有人用蟛蜞去裹馄饨的。

味道落到笔尖，每个字便幻化成乡愁的符号；咀嚼吃进胃里，梦中都是你侬我侬的缠绵。

第二章　风起

阿平的爱情

"张家塘阿平是个陈世美！"

"阿平的女人吃敌敌畏自杀了！"

············

一则八卦犹如春末夏至的惊雷在荷溪镇上空炸开，刚刚种好早稻秧，还吭没褪去疲惫的村民马上又亢奋起来，明里暗里地议论着各种道听途说未及考证的消息。

乡下头的生活总显得单调而乏味，无非是东家长西家短的，被一帮子碎嘴们调剂一番，才有了些许生气。一些无聊妇女最会议论宅基上的女孩子，比如"胸脯大不大""屁股翘不翘"之类，都可以成为她们的话题。至于谁谁谁好上了，谁谁谁上门相亲了，更是被津津乐道。当初换糖人阿陆喜欢毛弟二阿姐的事，她们就说上了小半个月，还有人专门盯着二阿姐走路，看伊屁股扭起来是不是松了，不紧致了。反正嘴里是吭没啥好话的。后来我仔细琢磨了一番，终于得出结论，长舌是一部分人的天性，尤其在乡下更甚。总有人自身的生活并不如意，眼界也窄，更见不得人好，便只剩嘴上功夫，往往会通过贬低别人，来寻得某种心理平衡。

所以张家塘阿平的事，通过迭帮妇女的嘴，迅速传遍了村里的角角落落。"陈世美""吃敌敌畏"……这些关键词，包含着无数的信息量，而且又关乎男女情事，勿要讲是在20世纪80年代初，就是放到现在都十分吸睛。

关键是事件中的男主角阿平，本来就是个引人注目的人物，用现在的话说，就是"自带流量"。

阿平在周围人眼中是"出长人"。所谓"出长人"，是本地人形容一个人优秀、出类拔萃的方言。他是工农兵大学生，前几年由村里推荐到上面进了大学。你想想不优秀的人哪能会被推荐呢？就算村里有关系，到乡里、县里、市里都不会通过。所以，"囡肯定是好囡"，是又红又专，德智体美劳全面发展的那种。

更关键的是，阿平帅啊，一米八的个子，英俊的面容像一幅精致的肖像画，挺直的鼻梁、深邃的眼眸、饱满的额头，每一个细节都恰到好处。他是村里姑娘们心目中的"白马王子"，也是小媳妇们爱招惹的对象，姑娘们害羞，不敢正眼看他，那些结了婚、有了娃的小媳妇们可不管不顾。嘴里眼里翻着浪起劲挑逗伊，荤段子全开。每每遇到辣种情形，长得大一码长一码的阿平便面红耳赤，落荒而逃。

我其实对青年时期的阿平呒没啥印象。年龄上的差距摆着的，我比他小 10 多岁，他出道时我还是个小屁孩。倒是我哥跟阿平有些来往，虽然是隔壁生产队的，但挨得近，年龄又相仿，所以聊得来。所以关于阿平的事，也多数是从我哥那里听来的。

我哥说，人长得好看就是好，阿平屋里媒人都踏破门槛了。虽然他家庭条件比我家还不如，但很多小姑娘就是喜欢"吃卖相"。我哥讲迭个闲话时，我总觉得酸酸的，有种羡慕嫉妒恨的意味深长。

都说阿平命苦，用我们乡下的话讲，"苦来像阿流"。"阿流"指的是流浪的人，身无分文，无依无靠。阿平的大大阿奶在他还呒没出生时早就呒没了，4 岁时他母亲生弟弟，结果难产，母子都呒没保住。7 岁时父亲又积劳成疾也过世了。他上面有大姐、二阿姐，还有个哥哥，哥哥后面还跟着个小阿姐。父亲去世前大阿姐出嫁，小阿姐送了人，五兄妹最后只剩二阿姐、阿哥和阿平三个人相依为命。等到阿平十五六岁时，二阿姐也出嫁了，阿哥去当了兵，阿平便一个人守着三间空荡荡的大平房，开始晃荡社会。忽然有一天宅上的人发现，小浮尸越长越好看。乡下人当然不会用"貌若潘安"来形容，只会说"好看"，但瓣"好看"用在女性身上倒正常不过，用在男子身上，总有点娘叽叽的。

阿平聪明伶俐，又长得好看，大队和生产队干部都看重伊，于是被提拔为生产队会计，民兵排长。过了几年，又作为农村优秀青年，成为工农兵大学生，入高校深造。一条金光大道铺就，阿平开启了不一样的人生。

谁也呒没想到，在阿平进入大学一年不到，便发生了迭桩惊天动地的事件，差点断送前途。

原来那次阿平回老家张家塘，一起来的还有五个大学同学，其中有两个是女同学。都是意气风发的年轻人，大家在一起欢声笑语，同学还都是城里人，到了乡下看啥都新鲜。尤其是在黄浦江岸上又蹦又跳，对着江里缓缓驶过的轮船放声歌唱，还吵着要阿平带他们拷河浜，捉鱼摸蟹。

76

阿平用乡下的土灶给同学做饭，两个女同学打下手，看得出伊拉都有点喜欢阿平，一个看他出汗了，用手绢擦拭他的额头，一个则给他递水。那种不自觉流露出来的亲热让人感觉已超出了同学间的情谊。阿平有点羞涩，但并不拒绝。

那两个女生一个齐耳短发、俏皮活泼；一个眉目清秀，有点内敛。她们的长相都属于中等偏上，虽呒没刻意打扮，但上海市区女生的那份气质一览无余，妥妥地把我们的村花比了下去。到底哪能，我呒没见过，据说那几天，队里一帮子小青年像丢了魂灵头，赶着去阿平家偷偷张望了几眼。

有一个人却十分窝气，她就是毛弟的大阿姐云娟。

本来云娟和阿平不是一个生产队的，虽然离得近，却呒没啥交集。后来阿平当了民兵排长，而云娟也是大队女民兵，有段辰光集中训练，天天吃住在一起，于是便热络起来。

云娟长得普普通通，但性格却直爽，大大咧咧的，不是扭扭捏捏的那种，人也热心。阿平却相反，话不多，小媳妇们开伊几句玩笑都会脸红，但谁也呒没想到，阿平和云娟其实早偷偷地好上了，不过直到阿平上了大学，搿秘密也呒没几个人晓得。

迭次阿平回乡下，云娟原本很高兴，谁承想他竟带了同学回来。带就带了，竟然还有女同学，更让人无法接受的是，那两个女同学好像对阿平还有那种意思。女孩子是敏感的，何况阿平还是云娟的男朋友，虽还在“地下”，但在云娟心里是认定了要非他不嫁的。之前阿平去城里上大学，她既喜又忧。喜的是，阿平苦尽甘来终于有了个好前程；忧的是，阿平见了城里的花花世界是不是会变心？谁承想，迭种担忧还真的发生了。

接下来的事便有点“狗血”。

阿平的那几个同学在他家白相了几天后走了，阿平则在家又住了一个晚上。

星朗云稀，云娟偷偷地溜进了阿平家。呒没过多久，隔壁人家听到了阿平家传出的激烈的争吵声，继而伴着女人的哭泣声，最后是瓶瓶罐罐落地的破碎声。不久大门“砰”地响了一下，而后就呒没声响。

阿平东隔壁住着在大队畜牧场养猪的旺伯，伊是阿平的堂叔。据伊事后讲，有两个人在吵架，但吵啥听勿清爽，只听到女人一直在说“陈世美”之类的。

村里的很多人是晓得陈世美的。那时越剧《铡美案》几乎家喻户晓。陈世美科举高中，便抛妻弃子，被招为驸马，用现在话说，是活脱脱的渣男。不仅如此，他还派人要杀死妻儿，最后自己死在了包公的狗头铡下。迭种快意恩仇的故事在乡下头很有市场。

在阿平家，那女的是谁？她口中的"陈世美"指的又是谁？还有秦香莲呢？

答案在第二天揭晓。

云娟在家偷偷地喝了敌敌畏，那股浓烈的农药味弥漫了全屋，毛弟二阿姐先察觉了，发现了已口吐白沫的大姐，还有一封声泪俱下的遗书。遗书上愤然写着"阿平是陈世美"几个大字。

还算发现得早，云娟终于被救了回来。始作俑者阿平则惶惶然地逃回了学校。

瓣事体似乎有点虎头蛇尾，收场颇为潦草。炸了一个惊雷，却呒没迎来狂风暴雨。

两年后，阿平大学毕业，在他的三间大平房里迎娶了云娟，再过了一年，他们生下了一个女儿。

在很长一段辰光里，阿平都难得回乡下，除非是逢年过节时。有宅上好事的女人问云娟，哪能平常辰光都看不到阿平？云娟落落大方地回答，自己老公现在是上海市区的一家国家医药机构的工程师，"生活邪气忙，礼拜天都要加班"，还被外派出国学习。来问的女人讪讪一笑："阿平越来越出息了，云娟好福气。"云娟则答："啥福气呀，我还不是要在田里忙。"

后来，阿平家的三间大平房被推倒了，盖起了两上两下的大楼房，比一般人家都造得早。云娟喜气洋洋地对亲眷朋友说，阿平出国，有美元补助，一下子成了万元户。那时村里人一年辛苦到头，手头有积余几百元已经了不起了。

1990年初，阿平突然间调回了闵行，在一家国企做职员。不久还在城里买了套二居室的商品房。

那时我大学刚毕业，开始与阿平有了接触。

后来便陆陆续续地了解到了他不少故事。有的是听伊讲的，有的是伊讲给我哥听，我哥转述的。

我一直好奇，云娟做啥会骂伊"陈世美"，背后到底隐藏着啥不为人知的秘密？

阿平说："兄弟，侬晓得哦？我从小很自卑的，家里情况这样，长得好看有啥用？当时我家是长期的'透支户'，亲戚也勿肯帮忙，邻居家看我们姐弟几个好欺负，都来偷东西，我侬都勿敢说。所以我从小胆小怕事，迭种性格影响了一生。"

阿平说，长大了，青春萌动，看到了好看的姑娘却勿敢表白，怕家里穷害了人家，媒人介绍的伊又看不上眼，反正在矛盾、纠结中遇到了云娟，被她的活泼、直爽感染了，一发不可收。云娟比伊大两岁，会照顾人，就是呒没文化，心想着就这样吧，于是他们就偷偷在一起了。

阿平觉得自己运气邪气好，遇到了不少贵人，比方说大队推荐他考上大学，彻底改变了他的命运。就在入学前一夜，云娟来了，两人控制不住，有了关系。啥人晓得上了大学，才发现自己原来的世界是那么狭窄，眼窝子还是太浅了。

我开玩笑道，于是俗套的故事发生了，热烈奔放的女同学看上侬，便不可自拔地陷入其间？

"还真是啊！"阿平叹了一口气。跟后来书上、电影里的情节差不多，能被推荐当工农兵大学生的姑娘大多好看，会打扮，还有的是知青，学习能力都可以，撩拨得阿平心猿意马。他说："跟伊拉在一起，弄明白了，搿才是充满希望的生活，人生有了意义。"

心野了，就收不牢了。搿点阿平并不否认。也在搿辰光，来自嘉定的一个女生主动向他示爱，他抵抗不住接受了。也难怪，村里的小芳终究比不得路边野花的芬芳，稍一侵扰，阿平便举起了双手投降。无法抗拒，便唯有沉沦。在热烈的潮涌中，他感受到了"恋爱"的滋味，冷静下来，却不得不考虑与云娟的关系。

那次，到阿平家来的同学中，就有搿嘉定女生。不幸的是，秘密最终被云娟发现了，于是还呒没想好对策的阿平只好提前向伊摊牌。

啥人晓得云娟会反应介大，竟然寻死觅活。

阿平慌了，怕了，他怕真的闹出人命，他怕学校晓得后把他退回村里，迭能的话，他的前途真的就呒没了，美好未来如泡沫般烟消云散，变成一枕黄粱美梦，他将成为荷溪镇的笑话。那是他无论如何接受不了的。

阿平觉得自己委屈极了，倒霉透了，就因为一时失控同云娟有了那么层关系，就掼不脱了。"但那个年代，迭种事体是可以上纲上线的。"于是阿平只能低三下四地向云娟道歉，信誓旦旦地保证一定会娶她，别无二心。

阿平最终向现实低了头。

"后来，那个嘉定女生呢？"我问。

"能怎么样，轰轰烈烈地开始，悄无声息地结束。"阿平答道。

阿平说，那个女生在阿平结婚后不久也结婚了。在结婚前几天，她约了阿平，问他，还爱不爱她，阿平说爱！女生又问，如果她婚不结了，阿平是否可以离婚，跟伊一起？阿平犹豫了半天，说，勿能！

阿平自觉辄勿是道德约束，而纯粹是自己太自卑太软弱，太害怕失去拥有的一切，所以无法迈出这一步。

"如果有机会，我们……"嘉定女生说，"我相信我们之间有爱情。"

"嗯，我也觉得！"阿平说。

我听阿平讲起这些，心想辄老套的桥段还真有，便笑，说："辄是侬臆想出来的呢？"

阿平急了："屁！我都70了，古稀之年，还怕说这个？"他说他后来真的同嘉定女生有过四年往来，结果还是被云娟发现了。

云娟在生了女儿后身体一直不好，连生几场大病，但她盯阿平很紧，时不时担心他出轨，被别的女人花了去。

阿平说那时他和云娟基本上无性无爱了，唯一能弥补的是照顾她，把所有的工资都上交拔伊。

那时，嘉定女生就是他的精神支柱，爱的港湾。

"听上去很美！"我说。

"是的！"阿平平静地答道，"云娟发现后，我们便彻底拗断了，我是失败的人。"

还真有点俗啊，一个背叛感情的人总是会为自己的行为找出很多理由。我心里想着，却吭没说出口，怕伤了阿平的自尊心。

又想想，如果我是阿平呢，怕也抵挡不住迭种诱惑吧？我吭没觉得比他能高尚到哪里去。

说到底，我们都是俗人。

阿平老了，满头银发，眼中不再有光。

他点了根烟，吐出的是丝丝缕缕的落寞和孤寂。

我的叔公是土匪

我对叔公的印象始终是模模糊糊的。

他年轻辰光是什么模样我勿晓得。我初次见到他时，他已经是个 60 开外的小老头了。

我当时大概在七八岁吧，刚刚上小学。

我妈让我叫伊"公公"，我怯怯地吭没作声，心想辣人勿晓得从啥地方冒出来的。叔公微微笑笑，有点不自然，他伸了伸手想摸摸我的头，又缩了回去。嘴里轻轻嘟囔了一句："木荣家的小儿子都介大了。"

木荣是我父亲。

叔公也姓吴，和我家是隔壁邻居。宅上姓吴的不一定都是亲眷，只是本家而已。有时称呼上的亲热并不证明彼此之间沾亲带故，但辣个叔公跟我家的关系还算比较近：伊跟我大大是堂房兄弟，他们各自的父亲是亲兄弟。隔了代的关系放到现在基本上算不得啥，有时住得远点，可能形同陌路人，但在乡下，上一代或上上一代有那么一层血缘关系存在，加上又住得近，比如一个村，一个宅上，总是比旁人来得亲近、热络些。就因为迭能，我们家和叔公家之间走动多了些。

不过，从我有记忆开始，我就从呒没见过所谓的"叔公"，他家只有一个老太，带着两男两女四个小囡。我称老太为婆婆，因住我家东隔壁，私下家人说起时，便叫她"东家阿婆"。她的四个子女辈分跟我父亲一样，我分别叫他们"大叔叔""小叔叔""大孃孃""小孃孃"，最小的小叔叔都比我要大十三四岁。

到我懂事的时候，便奇怪他们家哪能呒没男主人，是不是同我父亲一样，老早就过世了？

还是我姐为我解开了谜团。她告诉我，东家阿婆家的男人是个土匪，老里八早（很早以前）就被捉进去吃官司了，辩"早"要早到我姐还呒没出生呢。都二十多年了。辩是我呒没想到的，但因为太小，我也无法展开想象力，叔公是哪能样的一个土匪，伊曾经杀人放火过吗？不会像《林海雪原》中座山雕一样吧？

如此，那东家阿婆便是土匪婆了。

东家阿婆是个干瘦的女人，但嗓门却出奇地大。她跟宅上的人都不太亲近，鲜有来往，神经似乎也很不正常。一到半夜三更便开始骂山门。夜深人静，骂声尤其刺耳，一会儿亢奋，一会儿低沉，时断时续，听不清她在骂些什么，反正总吵得人睡不着觉。

那时，我和我妈睡一个房间，我妈无奈地嘟囔一句："东家老太又发神经了。"

我问我妈，伊骂啥呢？

我妈不作声，过了许久才说，骂"南面人家"。

做啥要骂"南面人家"？我又问。

我妈不响。

后来，我去问姐姐。姐姐比我大8岁，终究是懂了些，也了解一些。原来"南面人家"中有人曾经做过大队干部，叔公做土匪被捉，就是他们举报的。

"那叔公是真的土匪吗？"我问姐姐。

姐姐肯定地点了点头，"这还有假？"

"那伊有枪吗？"我又傻傻地跟了一句。

"枪……"姐姐犹豫着说不上来。最后摇摇头说，"我也勿晓得，或许吧，土匪呒没枪哪能当土匪？"

我对叔公的事产生了浓厚的兴趣，后来总算想尽办法从周边的大人那里了解到了一些说法。

原来在1949年前，还很年轻的叔公就和一帮子近乡的同龄人拉起了支队伍，干起打家劫舍的勾当。他们驾着小木船在黄浦江上拦截货船，跑到车墩、中渡桥一带"吃大户"，威逼地主或有钱人家拿出大洋和稻米，看到好物事就席卷一空。说白了，所作所为就是土匪强盗行径。

传说很多，有真有假。但东家阿婆是叔公抢来后做的老婆，迭桩事体肯定是真的。而后一连生了四个小囡。

奇怪的是，叔公从来不祸害村里人，尤其是同一宅基上的人。伊和一帮子土匪兄弟所从事的勾当都是悄悄而为，所以很长辰光呒没人晓得叔公是土匪，就算晓得了，因为呒没祸害到乡里乡亲，也就呒没人去恨伊，看到伊反而客客气气的，甚至还有说有笑。私下对叔公抢了女人做老婆一事更有种说不出的羡慕。我妈说，那时乡下头实在太穷了，男人讨不起娘子再正常不过，就像我父亲，要不是我妈12岁时就被我阿奶从陈行塘口领回家做了童养媳，要讨娘子的话也是难上加难。

宅上的人甚至开玩笑道，啥人以后讨不到娘子，就学叔公，抢女人做娘子。

解放了，天亮了，叔公的土匪生涯终结了。叔公惶惶不可终日，他手上虽然呒没血债，呒没杀过人，但毕竟抢过人家的钱财，还抢过女人，按当时的政策，被政府晓得了说枪毙就枪毙。但该来的还是来了。从1950年12月开始，全国开展了声势浩大的镇压反革命运动，首要目标就是特务、土匪、恶霸、反动党团骨干和反动会道门头子。叔公终于被有革命觉悟的"南面人家"揭发了出来，锒铛入狱。那时他的小儿子，也就是我的小叔叔还在东家阿婆的肚皮里。

本来，宅上的人都认为叔公的瓣条命就要交待在枪杆子下了，免不了"吃一粒花生米（枪毙）"，谁知，政府网开一面，只杀了土匪头子，伊只是小喽啰，又呒没血债，便留了一命，被判了无期徒刑，解押大西北开始了漫长的改造。

在东家阿婆不绝于耳的骂声中，叔公终于回到了家。

那天吃夜饭时，叔公一家六口人终于整整齐齐聚在了一起，东家阿婆号啕大哭，哭得昏天黑地，哭得肝肠俱裂，哭得百转千回。

也是从那天起，东家阿婆晚上再不会骂人了，倒弄得人有些不习惯，就像等待楼上那只靴子一样，久不闻其声反而把人搞失眠了。

叔公瘦瘦削削的，剃着小平头，头发短而直，灰白相间，总喜欢穿一件陈旧的卡其布中山装，平平整整，几乎不打一点褶皱，我勿晓得伊是哪能做到的。伊屋里向又呒没电熨斗能够熨衣服。那时电熨斗是奢侈品，只有荷溪镇上的那个走街串巷给人家做衣裳的独腿裁缝那里有。后来我发现，叔公是用灌了热水的瓶子来熨衣服的。

叔公不外出不串门，也不跟左邻右舍往来。伊喜欢搬个竹椅坐在客堂间前的场地上，呆呆地坐上半天，有时会眯着眼睛看上几眼天上的太阳。起初，有宅上的人路过，同伊打招呼，伊要么"嗯嗯"几声，要么干脆不响，弄得人家十分无趣，只好尴尬地笑笑，匆匆离去。久而久之，有人说叔公是被关傻了，连闲话都勿会讲了。

叔公自然不是被关傻了，不会说话了，伊只是已经不太习惯跟人打交道了。虽然都是乡里乡亲的，但几十年不生活在一起，物是人非，陌生感自然而然地越垒越厚。何况刚刚被放出来，那份惶惶然还未褪去，哪有什么获得自由后的心安？伊忐忑不安，只能装聋作哑——当然，辩只是我后来的猜测。

也是奇怪，叔公不管家务事，家里依然由东家阿婆操持着，而她更像换了一个人，不再凶巴巴骂咧咧的，反而低眉顺眼地老是冲着叔公笑，叔公说啥她就赶忙答应，生怕伊有啥不高兴。

过了一段辰光后，叔公开始找事做。伊让东家阿婆去大队里弄了点报纸，又不晓得从哪里搞来了几大包的烟丝，反正荷溪镇上是呒没的。叔公开始做卷烟，把报纸裁成了一条条，放上烟丝，对折卷成小喇叭口形状，封口处拧花头朝下弹一弹。

叔公做这些事时极其认真，极有耐心，每一支卷烟都卷得不紧不松，封口处一定拧个花，每个细节都做到极致。

我在一旁看得入神，也手痒，想学叔公样试试，伊看出我的小心思，也不说话，推过报纸和烟丝，头朝我抬抬，示意我动手做。于是我有样学样，做起手工卷烟。当然做得很粗糙，叔公也不责怪我，摸摸我的头，而后把我那支卷烟放在一旁。

叔公裁报纸时十分小心，头版伊是坚决不裁的。因为上面一般都有党和国家领导人的照片，还有国内重大新闻的报道。也是，吃了介许多年的官司，叔公的政治觉悟提高了不少。

叔公卷烟是自己用来抽的，伊吃香烟很猛很凶，几乎是烟不离嘴。那辛辣、呛人的味道仿佛成了伊生活中的调味品。

回来后吭没过多少年，叔公死了，死于肺癌。

叔公死的那个晚上，东家阿婆又开始号啕大哭，继而骂骂咧咧。直到后来我搬去了城里，便不再受其困扰。

前些年东家阿婆也过世了，高寿95岁。她躺在镇上那家养老院的病床上，再也哭不动骂不动了。

见 鬼

方老太是个"老仙人"，在我们辩一带远近闻名。

还在我小辰光时，方老太家总是人来人往，进出的大多是妇女，神色各异。人来了，门一关，勿晓得里向在做啥。门一开，一股香火气袅袅冲出。

那时方老太是六七十岁的模样，胖乎乎的脸油光锃亮，头发黑乌乌的，梳得清爽。她独自生活，无儿无女。听人讲年轻时嫁过男人的，后来有一天方老太突然回到了老家，是男人死了，还是离婚了，吭没人晓得。方老太吭没向任何人提起。伊不响，宅上的人便不好意思问。

方老太回来不久，竟莫名其妙开始"扎仙（让'鬼'或'神'附在人身上，把问仙求神者要想晓得的事通过'仙人'讲出）"。她从不种地，哪怕在非常时期，也在暗黯黯"扎仙"，不管是之前的大队干部，还是后来的村干部，好像吭没哪能去阻止她。最多是治保主任跑过去劝伊动静不要闹得太大，否则乡里晓得了吭没办法交代。

在我印象中，方老太小日脚活得很滋润，家里常年糕点不断。有时我和一帮小囡路过方老太家，她正好不忙，坐在门口的竹椅上晒太阳，会叫住我们，转身进屋里，出来时手里多了几片云片糕，递给我们。

方老太"扎仙"大半辈子，"扎"出了名气，荷溪镇方圆几十里都晓得她是"活仙人"，讲出来的闲话邪气"灵光"。

隔壁村有个绰号"新娘子"的妇女身体一向不好，头一天到晚昏沉沉的，跑了好几趟乡村医务室，还到城里医院，都弄勿清爽得了啥毛病。呒没办法，伊只好来方老太家"问仙"。

方老太简单问了下情况，便在供桌上点了几支香，摇头晃脑忙了好一阵后说："我要叫'过房爷'出来说话。"在香烟缭绕中，方老太一会儿喃喃自语，一会儿手舞足蹈，终于寻出了原因："'新娘子'啊，前些年倷大娘舅死时，倷搿帮子做小辈的烧衣裳烧少了，现在伊勿够穿了，所以来寻倷作怪了。"

"新娘子"一听慌了，想想确有其事。大娘舅去世时衣裳好像是烧得不多，于是赶紧回去置办了一桌祭酒，又扯了几尺布让村里的裁缝做了新衣，烧了锡箔折的元宝，拜祀已死了好几年的大娘舅。呒没过多少日脚，"新娘子"的身体竟然真的好了。于是，又买了礼物外加30元钱给方老太以示感谢。

姐姐把迭桩事体说给我妈听。我妈沉默了半晌，说："我前两天做梦也梦到俫爷了，也讲冷，大概也呒没衣裳穿了。寻个日脚，拜拜俫爷，勿要让伊在那边不好过。"

姐姐犹豫了一下，说："要不要问问'仙人'？"

母亲想了想说道："也好，俫爷一走几年了，是要问问。"

因为来"问仙"的人太多，方老太家"香火"越烧越旺。有开着小轿车从上海市区来的，有骑着脚踏车来的，也有走几十里地来的。甚至还有人开着汽车接伊"上门还愿"的。

在我印象中，从20世纪70年代末到90年代初，迭种场面一直在方老太家上演着。所以那时我一直疑惑，辞世上到底有没有鬼？要是有鬼，那谁见过鬼呢？要是呒没鬼，那做啥还有介多人信呢？还像煞有其事地跑去"问仙"，心甘情愿地花铜钿？后来书读多了，明白辞就是迷信，"扎仙"之类的都是骗人的。

民间多野闻。回过头想想，我发觉原来几十年前的上海乡下头也是闭塞的，就像城里人有吃咖啡和裱花蛋糕的，也有赤着膊吃豆浆油条的。乡村朴素良善的内里，也有愚昧在作祟，眼界和认知并不比偏僻地方的人宽多少深多少。茶余饭后，除了东家长西家短，还热衷于谈鬼说仙，什么"落水鬼""吊死鬼""长脚鬼""无头鬼"……在他们绘声绘色的演绎中，吓得人汗毛凛凛。迭种鬼故事大多是晚上讲的，一般在昏暗的客堂间，更增添了一种氛围感，神秘、紧张、恐怖，心脏病都要吓出来。讲鬼故事的人从来不忘特别强调迭些鬼故事的真实性，那神情，那言语，当真是像煞有介事。

某日晚，我去宅北首的马家塘找同学玩，一帮子大人围在打谷场上聊天，村里电工阿高说："荷溪老街上有个铁皮匠叫顾三根俩晓得？"有人说："哪能勿晓得呢，箍桶的，吃老酒凶。"阿高嘿嘿一笑："碰着鬼，死了。"众人皆惊，问哪能回事体。

阿高讲，就在前两天，顾三根从亲眷屋里吃饱老酒半夜回来，路过自家的稻田，朦胧中看到一个黑影在地里摇晃，把伊吓了一大跳，壮着酒胆吼道："啥人？"却久久不见回音。酒壮人胆，于是他捡起田边的土块用力扔了过去，吭没想到黑影应声而倒，还有个像鸟大小的黑影冲天向上，并且发出"嘎嘎"的声音，有点凄惨，把顾三根吓得魂飞魄散，跌跌撞撞逃回了家。他口齿不清地跟屋里向人说着刚才的遭遇，说那黑影一定是鬼。那鬼阴森恐怖，手如无骨，随风飞舞，要不是伊跑得快，命都吭没了。就辖能一吓，顾三根一病不起，吭没过几天就翘辫子了。后来家人便去"问仙"，方老太说："伊碰到醒醒事体了。"再细究，原来前不久顾三根在稻田里头拔草时，挖到了一个"老爷（乡下土制的供祭拜的雕像）"，他随手一扔，"老爷"碎了，于是惹得"鬼"不开心，才发生了之后的悲剧。

阿高能说会道，声情并茂，听得人浑身起鸡皮疙瘩，环视四周，似鬼影幢幢。

"又在乱话三千！"阿高正说得起劲时，人群中传来一声呵斥，原来是阿祥的爸爸木春叔。只听伊板着面孔讲道："公家人都来验过了，顾三根是脑溢血，血管爆脱了，啥个叫碰到鬼，方老太的话哪能好相信？"伊老早便在重型机器厂上班，接触的人多，眼界宽，对迭种迷信活动向来是不屑的。木春叔一向看不惯会"扎仙"的方老太，讲伊就是老骗子，装神弄鬼，败坏宅上风气。伊看到我们一帮子小鬼头，总会教育我们，要多读点书，书读得多了，就懂道理了，也就晓得了世上哪有鬼啊，都是人自己瞎编出来的。木春叔呒没读过书，他识得几个斗大的字还是当年村里"扫盲班"中学的，但讲老实闲话，伊看事体眼光还是"凶"的，往往一针见血，有理有据。伊脾气也直，看不惯的事体屏不牢，会当面讲出来。有次看到有人到方老太家"问仙"，伊直接堵牢人家，劝对方不要上当受骗。

方老太"问仙"生涯最终断送在木春叔手里——木春叔见村里对伊的迷信行为睁一只眼闭一只眼，火气一大，干脆跑到派出所告了。迭桩事体还上了报纸，对木春叔坚决抵制迷信活动的行为给予了表扬。

阿高见木春叔迭能样子，只好讪讪一笑："大佬讲得对，瓣是迷信，听过算过，勿要当真。"

我在读小学三年级时，浦东嬢嬢家做木工的女婿来我家打家具，他那时20多岁，肚皮里有不少故事。他总爱讲的是《画皮》和《一双绣花鞋》之类的，看着我吓得瑟瑟发抖，就笑个不停。他还喜欢卖关子，讲到精彩处就戛然而止，让人既紧张，又被吊足了胃口，缠着他讲下来。于是又讲，讲多了听多了，我的脑海中塞满了各种鬼故事，其中不乏古代赶考书生在荒郊野外遇到女鬼之类的，比如宁采臣、聂小倩等。于是在少年时期很长一段时间里，我终日做梦。梦见青面獠牙的恶鬼，梦见妖媚动人的狐仙，梦见光怪陆离的地府。一梦接着一梦，恐怖、奇幻和神秘在我的脑海中奇妙地烩成一锅。醒来常常是一头冷汗。

后来我才知道嬢嬢家女婿所说的鬼故事大都来自《聊斋志异》，而《一双绣花鞋》其实并不是什么鬼故事，而是一部反特小说。只不过被伊篡改了。鲁迅在其所著《中国小说史略》里专门列了《六朝之鬼神志怪书》上下篇。他说"中国本信巫，秦汉以来，神仙之说盛行，汉末又大畅巫风，而鬼道愈炽……"

鬼到底有没有？唯物主义者当然说呒没，但"都说世间无，却道心中有"，就是迭能矛盾。尤其在当时文盲为多的乡下头，因为鬼故事盛行，也因为知识面的局限，认知当然是肤浅的。

"中国本信巫"——大先生真的是一语中的。那时谁家小囡生病或夜啼不安时，爷娘就在深更半夜用一个稻草结到村外十字路口烧，扑倒一只碗，打碎一只蛋，送"野客"上路，意在赶鬼驱邪，让小囡的病快点好起来。还有"鬼攀亲"，就是谁家呒没结婚的成年男子或女子去世了，那么就得在一定辰光里帮伊寻一个差不多年纪的也呒没结过婚，并过世了的对象，在阴间结为夫妻。一定要有媒人牵线，双方家长聚拢，办酒席、烧纸钱和"嫁妆"，唢呐吹打一应俱全，来不得半点马虎。不过迭种现象现在是呒没了，大家都觉得有点可笑，甚至愚不可及。

至于"哭七七""送祭桌""祭祖拜太太"等，倒是司空见惯，如今也是十分盛行。的确不能把迭种现象一概而论地定义为迷信，辩恰恰是数千年来我们表达对过世亲人哀思的方式，一种情感的寄托。当然，扯开了谈就又是一个话题。

关于鬼故事，自然更当不得真，但因为它很奇妙而玄幻，处处透着不为人知的灵异，便成了乡人们茶余饭后的谈资。如果在乡下头长大的孩子呒没听过鬼故事，呒没见过身边人遇"鬼"的种种奇闻，呒没见过所谓的"问仙"之类的，那他的童年是不算完整的。

我甚至认为，我对文学的热爱，就是从听鬼故事开始的。

1989 年冬，我恰好在上海一家小报实习，有次同在《文汇报》做编辑的好友许仰东聊起乡下的迭些“鬼仙”迷信，他如猎狗闻到了猎物的气息，兴奋得嗷嗷叫，鼓动着我一起去采访。于是我们俩花了一个多礼拜辰光，乘公交车跑浦东、跑奉贤，还有我的老家，最后写出了一篇长篇通讯《人鬼神之间》，洋洋 8000 字，整版发表在当时的《上海文化艺术报》上。后来当地宣传部门的人专门找到我们核实情况。他们怕我们危言耸听，影响舆情。毕竟是在大上海啊，哪能可以允许迭种愚昧的现象存在呢。

“所谓见鬼，见的是幽暗的人性与曲折的人心。”——搿话不是我说的，是一位专门研究中国鬼怪故事的学者的总结。

毛弟说：“世上哪有什么鬼，要说有也只有一种鬼，那就是‘穷鬼’。”

于是，我突然发现，毛弟是个有智慧的人。

哥的青春差点闪了腰

我哥的青春是从一口老白酒开始的。

16岁那年春节,我哥用平时一分二分偷偷攒下的钞票,独自跑到荷溪镇老街上的供销社小商店,买了一瓶本地产的七宝大曲,像做贼般藏在怀中。

那天天很冷,还下起了雪。回到家时,我哥的头发和笨重的棉袄上都落满了雪。

我哥说,当时他像是鬼迷了一样,就想吃口老酒。平时看到宅上那些大人吃酒时一脸陶醉,便以为一定很好吃。可惜我父亲滴酒不沾,只嗜烟如命,所以屋里向从来不备白酒。

我哥的另外一个小心思是,他觉得自己16岁了,便想着要用一种仪式,来告别自己的少年时代。

想法很美好,但现实很骨感。几盅白酒下肚,我哥就醉了,肚里翻江倒海,嘴里喷涌而出。然后就昏沉沉地倒在床上,一睡便是十多个小时。

从此，我哥再也不敢吃白酒，直到现在。

我哥是 1956 年生人，1970 年代正是他青春期。然而父亲的猝然离世，作为家中的长子，才 17 岁的他来不及收拾悲痛的心情，在惶恐和无奈中挑起了家庭的重担。

在料理好父亲的丧事后，我哥说他突然感觉一下子长大了，懂事了，但人却变得沉默寡言。父亲从生病到去世，虽然只有短短几个月，却花光了家中的积蓄，还问亲眷朋友借了不少钞票，幸好父亲生前工作的单位是家国营大企业，发放了 400 元的抚恤金，刚好把债务还掉。

我那时才 4 岁多点，对穷困潦倒的家境基本上呒没任何印象，我哥我姐也从呒没同我说过。直到几十年后，我哥跟我说起了一件事。

我哥说，有一次，家里窘迫到竟连烧饭用的柴爿都呒没了，于是我妈就让伊去二娘舅家讨点回来。

二娘舅家住浦东的陈行塘口，那也是我的外婆家，和彭家渡虽说同属一个上海县，却有三十多里路，中间还隔了一条黄浦江。

我哥大清早坐车换车，又搭渡轮过江，来到二娘舅家。二娘舅得知我哥来意，二话不说，找来一辆人力劳动车，把柴爿装得拍拍满满。他在前面拉，我哥在后面推，一直从塘口徒步近三个小时，才到彭家渡。

那时天已经墨墨黑了，看到客堂间那盏昏黄的灯，我哥一下子累瘫在地上。

彭家渡在70年代初办了一家集体性质的小工厂，主要给上海的一家冰箱厂加工散热片。大队上看到我家生活实在困难，又加之我父亲在世时积下的好口碑好人缘，就让我哥去那里上班。那时小工厂的工人算上我哥，一共才7个人。说是厂，其实就是个加工组。

当时的大队干部还是有先见之明的，为了今后发展，便安排我哥和叶家生产队的一位姓沈的青年去城里学开模子，为期三个月。这是一门技术活，学好了就可凭手艺吃饭了。

后来我晓得，和我哥一起去城里培训的沈姓青年，原来是庆弟的堂兄。我和庆弟从托儿所时期就认识了，友谊持续到现在。庆弟的堂兄回来后成了这家小工厂的技术骨干。到八九十年代，小工厂飞速发展，拥有了数百名工人，能独立生产工矿企事业单位用的大冰箱，取得了可观的经济效益，成为彭家渡的支柱型企业，远近闻名。箇是十多年后的事。

我哥一去就是三个月。我们到城里去，也就是市区，一般会说"去上海"。从地处偏僻、交通不便的上海西南落乡（偏僻）的乡下头，"去上海"是相当难得的机会。

培训的地方在当时的南市区（现已并入黄浦区）小南门一带，离外滩不远。我哥是第一次进城，感觉啥都新鲜，但是呒没辰光去逛。箇三个月里，他俩要跟着市区厂里的师傅学会开模子，熟练锯、锉等基本功，还要掌握设计模具的技术。市区箇爿厂又不提供住宿，我哥他们便借住在虹桥宜山路那边靠乡下的一户人家屋里向。他家有个儿子是知青，当时正好插队在彭家渡。我哥说，作为"上海人家"，城里向人一点也呒没嫌弃他们两个乡下小囡，反而热情、好客，每天都会准备好早饭，弄得都有点不好意思。

我哥他们吃好早饭后就赶往南市区小南门。箇段路乘车还要一个半小时。为了掌握技术，他们除了吃午饭，其他辰光都在埋头苦干。我哥说，那时真有种朴实的想法，就是不能辜负大队干部的期望。

华灯初上，大上海尽显繁华。坐在回借住人家的公交车上，我哥想着，如果哪一天能真正留在市区工作，那该多好啊！

我哥的命运齿轮在他从南市培训回来后不久，竟然神奇地改变了。

1974年6月，上海六大涉外宾馆饭店向社会招工，分别是锦江饭店、和平饭店、国际饭店、华侨宾馆、上海大厦和衡山宾馆，它们在当时的上海滩赫赫有名，专门接待外宾。

招工条件十分严格，必须是由生产大队推荐、公社初审，而后才有资格进入体检、政审等一系列程序。在我哥感觉中，如同当兵一样的高标准严要求。

我哥又幸运地被大队推荐了。那天家里来了一位公社里的干事。在问了我哥年龄、身高、体重等一些基本情况后，又说要看一下他的脚底板。我哥虽然有些莫名其妙，但还是照做了。他仔细看了看我哥脚底板，而后摇了摇头，说："不行啊，侬脚底板太平了，走路辰光长了不稳，还是算了吧。"

我哥一听公社干事瞎话，都蒙掉了，瞎工作竟然同脚底板平不平还有关？还真是闻所未闻，心里一下子凉了。以前他从未奢望过能去上海工作，但三个月在城里的培训，那种念头已经泛滥成灾。如今一个大好的机会近在眼前，就因为自己的脚底板平，便要错失了吗？幸福原本来得太突然，又一下子灰飞烟灭，啥人受得了？

我哥正傻愣中，那个公社干事甩下一句话，说还要去六队通知其他人，便骑上自行车走了。

搿一幕齐巧（恰好）被我家西隔壁的嬢嬢看到了，便走过来问我哥哪能回事体。我哥把事情的前因后果跟她讲了一遍。嬢嬢一下子急了，伊讲，身体都还吭没正式检查，哪能好讲不来三（行）呢？太不负责任了。嬢嬢虽然是个大字不识一个的中年妇女，但脑子还是煞清。她马上叫来她的大儿子玉峰，也就是我的堂兄，让他骑上家里的"老坦克（旧的28寸自行车）"，带上我哥去追公社干事。

在去六队的田耕路上，堂兄弟俩终于追上了那位公社干事。堂兄毕竟比我哥长几岁，而且还毕业于著名的上海中学，要不是遇到"文革"，上大学是毫无疑问的。伊脑子灵光，又会说话，恳切地希望公社干事能再给我哥一次机会，"如果正式体检时，医生那里不通过，那我们也就认了。"他说。

公社干事听着堂兄说，又看了看我哥，最终同意了。最后，还好心地关照我哥，体检时，查到脚底板，注意要把脚指头稍微往上跷起一点，犟能看上去脚底板就不会那么平了。

我哥的心这时才稍微放下了点。

一个多星期后，我哥接到了去位于莘庄的县城医院检查的通知。看到我哥身上那条补满补丁的老布裤，我妈犹豫再三，去问北首宅上顾家借了条半新的卡其裤回来，让伊穿上。

在县城医院，当体检医生检查到我哥的脚底板时，我哥牢牢记着公社干事的叮嘱，把脚指头跷得老高老高。医生一脸不悦，道："跷介高做啥，放平。"我哥心一沉，完了，蒙不过去了，又不敢讲啥，只好照着医生的要求做。等一切检查好后，他觉得基本上咹没戏唱了。

回到家后，我妈和西隔壁孃孃来问情况，我哥把自己的担心说了，她们安慰我哥：真是犟能，也是傝命。算了，就在大队小工厂做做蛮好的，人家要去都去不成呢。

接下来的两个多月，真的咹没任何消息，我哥也不再惦记，老老实实在大队小工厂干活。直到有一天，大队团支书告诉伊，上面来人政审了，但结果哪能勿晓得。

于是又是漫长的等待。我哥说从来呒没如此煎熬过，他被迭种等待折磨得夜不能寐，在希望和失落中游荡。

终于，在我哥耗尽了心力，准备彻底死心的时候，一张录用通知单递到了他的手上。据说"六大饭店"迭次一共在我伲县录取了50多个青年人，我哥是其中之一。实际的情况是，迭些人都进入了锦江饭店。

后来，我一直脑补着迭能一个场景：在我哥收到录用通知单的那天夜里，他跑到宅南首的黄浦江畔，站在堤岸上跳着喊着，继而痛哭流涕，悲喜交加的哭声刺破了茫茫夜色。

18岁的青春，像风一样要飞啦。

翌天，宅上驶来了一辆黑色的上海牌小轿车，经过高家小学，沿着队上的拖拉机路向南而去。

恰巧是课间休息时间，我和一帮同学正在操场上玩耍，大家看到小轿车都十分稀罕，叽叽喳喳地议论着上面坐了什么人，要到哪里去。

放学回到家，才从我妈那里得知，那辆小轿车竟然是来我家的。是我哥单位的领导来看望因病休养在家的我哥。

我哥的右腿上绷着石膏，几乎不能下地，已在家里待了很长辰光。每天都是我妈在服侍他。

　　那时我才上小学一年级，太小，根本不晓得发生了啥。我哥不同我讲，在他眼里我就是个不谙世事的小屁孩，但他那副垂头丧气的神情让我意识到事情有点严重。他几乎每天都躺在床上，不说话，一脸忧郁。

　　直到很久以后我才晓得，我哥右腿出毛病了。经过上海滩几家有名的医院医生共同会诊，初步诊断为骨结核，里面的骨头已渐渐发黑，并伴有积水现象，虽然经过了一系列的治疗手段，但病情依旧不容乐观，如果控制不住的话，最坏的结果就是要把腿锯掉。

　　1976年，我哥20岁，却迎来了他人生中的至暗时刻。

　　我无法想象出我哥当时听到迭种结论，会是哪能的一种心情。如果我在20岁时，得知自己将要失去一条腿，那一定是天塌地陷，是无以复加的痛苦。

　　也许是老天可怜，不想看到我们迭个早早失去了父亲的家再承受不能承受之痛，或许是我父亲在另外一个世界还在关照着我们（很奇怪，每当家里遭受变故时，我都会产生类似的想法），我哥的病情终于迎来了转机。

　　我哥部门的一位科长，那时正在奉贤"五七"干校劳动，他对我哥的事特别上心，于是百般打听民间良医和土方。还真被他了解到了，原来在颛桥公社就有个女赤脚医生，"专门看骨头的毛病"，尤其是针对此类疑难杂症很有经验，在当地有些名气。更巧的是，伊儿子还是和我哥同一单位的，只是大家不认识而已。

这个消息犹如"神助"，我哥的病情到了现在的地步，有一份希望就要抓住一份希望，哪怕治愈的概率很小很小，都不可能放弃。溺水之人，看到一根稻草总以为也是可以救命的。

颛桥公社离荷溪镇不远。在单位领导的热心安排下，派专车把我哥和那位赤脚医生的儿子接上，一起去颛桥找他妈妈医治。

赤脚医生看了看我哥的脚后说：先试试看。她让我哥一帮人等着，自己出门找草药去了。十几分钟，她采来了草药，捣烂后敷在了我哥的脚上。

她说，两个小时后把草药拿掉，不要擦，不要沾水，敷过的地方会慢慢变红，10个小时后，会有水泡起来，等它慢慢变大，用针扎个小眼，排出里面的脓水。切记一定不能把泡弄破，要慢慢地、轻轻地排，连续几天，直到水泡干了为止，两个星期左右会长出新皮来。瓣期间，不要吃药，不要打针，更不能用石膏固定。

说来就是迭能神奇。经过赤脚医生斒番治疗，让我哥几乎丧失信心的右脚疾病竟然好了，新皮长出了，肿也消退了，路也能走了。

一个月后，我哥去赤脚医生那里复查，她检查过后说，看来基本吙没啥问题了，不用再来看了。她还说：一年内如果不发，看三年；三年内不发，看五年；五年内不发，再看十年；十年内不发，就不会再发了，就彻底好了。

话虽迭能讲，我哥心中还是忐忑，于是便去医院拍片。最初给他看病的医生拿过片子翻来覆去地看，最后肯定地表示，我哥的右脚已彻底痊愈。他问我哥哪能做到的，我哥便把赤脚医生的事讲了一遍。对方一脸的难以置信。

1976 年到现在，将近 50 年了，我哥的右脚都吙没问题。

民间有高手，斒话真的要信。

我哥说，他不信命，但信运。在他人生最为绝望的时候，在青春差点闪了腰的时候，会遇到那么多好人。

有好运，才能改变命。我们每天都在学会遗忘，每天都在和昨天告别，但留下的肯定是最美好的记忆。

造房子，讨娘子

我妈说："要快点把房子造起来。"

我说："钞票呢，啥地方来？"

我妈说："呒没房子你就讨不着娘子了！"

我说："急啥，一棵树总有一只鸟来蹲，等有钞票了还怕造不起房子，讨不着娘子？"

我妈瞪了我一眼："等你书包翻身，再赚钞票，再造房子，还要过多少年啊！"

她重重地叹了一口气："唉，回头娘子都讨不着了。"

一副"哀我不幸，怒我不争"的无奈神情。

我15岁的时候，初中毕业，我妈开始对造房子迭桩事体忧心忡忡。

彼时我哥刚成家，因为在市区工作，还呒没分到房，暂时落脚在他丈母娘家，我妈以为他要当上门女婿，内心焦虑，于是旁敲侧击地疯狂试探，我哥说哪能呢，将来勿管生男养女，都会姓吴。于是，我妈便不作声了。

我哥成家后，我姐也出嫁了，屋里向只剩下我和我妈俩人，守着三间半石灰批墙的七路头平房。其中西面一间是灶披间，也堆些杂物；当中一间隔了堵薄板，南首是我妈睡的，北首放了张八仙桌，是平时吃饭的地方；东面一间的南首是我睡的，中间也隔了堵薄板，后头堆着米缸什么的。地是泥地，经年累月，早已踩得光溜溜的，很结实，不过一到黄梅天就返潮，一天到晚湿答答潮叽叽。

还有最东面的半间房子是客堂，但同隔壁的叔公家合用。早前属我家的迭边放了一架织布机，叔公家一边是他大儿子在用，一张八仙桌，四只长板凳，他们吃饭便在这里。

我姐说，我家以前不是迭种平房，是二进的绞圈房子，蛮好看的。在上海，说到有历史有文化的传统民居，必会提到市区的石库门。但其实还有一种比石库门出现要早得多，从形制到结构也更具特色，且分布范围也比石库门广得多的老房子，却一直不为众人熟知，它就是绞圈房子。

瓣些年，我开始研究本土文化时才晓得，讲到底，绞圈房子和石库门一样脱胎于我国传统的庭院式建筑——四合院，但是有所不同。比如四合院的大门偏居一隅，而绞圈房子的大门却是开在中间。也不同于石库门，绞圈房子有"墙门间""厢房"，两侧还有"次间"和"落叶"。迭种绞圈房子从清代就开始有了，上海乡下头随处能见到。

我对我家的绞圈房子一点都呒没印象。我姐说在我一岁时，旧房子就被拆掉了，翻造起了新平房。

但那时我们宅上还有几户人家保留着迭能的绞圈房子。

我们家后头的一个孃孃家就是，有回廊、有小庭院，门柱窗格都是木雕，人物花鸟活灵活现，古朴中透着精致。看得我心痒叽叽的，恨不得想用刀把它们撬下来当玩具。

北首东宅上阿兴家，整幢建筑面积更大，还有高高的院墙，里面曲径通幽。伲小辰光常到那里去畔野猫（捉迷藏）。

院落里光线不是太好，阴冷昏暗。毛弟最爱干的事就是躲在暗黝黝的角落里把阿黄阿祥他们吓得屁滚尿流，屡试不爽。

后来迭些房子都陆续被拆掉了。从 20 世纪 70 年代后期起，农村普遍翻建新房，以砖墙瓦顶、钢筋水泥预制件的二层楼房居多。大多是"二上二下（底层、楼上各两间）"，楼面有阳台，屋后有披间，讲究实用，但结构简单，式样单调。比起绞圈房子差远了。

荷溪镇啥人家最早造起楼房的我勿晓得，但我清楚地记得彭家渡啥人家最早造起楼房的。

是庆弟屋里向。

庆弟他爸当时是我们大队的党支部书记，他妈则是重型机器厂里的工人，家境当然要比一般人家富裕得多。

1976 年春，我和庆弟从同一所幼儿园出来，又进了同一所小学读一年级。过不久伊悄咪咪地对我讲，伊屋里向正在造新房子，"两层楼的哦！"庆弟一向都是低调的人，不像毛弟喜欢叽叽喳喳，迭趟却不无得意。

庆弟也是我们这批人中第一个拥有单卡录音机的人。我们读初中时，他爸为了让伊学好英语，不惜花了数百元钱给他买了一台录音机。伊英语成绩突飞猛进，终于考取了市重点高中。

庆弟屋里向造起了楼房，也给全村村民树立起了榜样。接下去的十几年间，一幢幢青瓦粉墙的农家小楼，在绿野和翠树间破土而出。

造房热的现象不仅是在彭家渡，也不仅是在荷溪镇，其实可以说波及了整个上海乡下头。

那时流行迭能一句话，看啥人屋里日脚好过不好过，"一看楼房、二看衣裳、三看厨房、四看银行"。

还有一句"五子登科"的顺口溜："赚票子、造房子，造了房子讨娘子；讨娘子，养儿子，有了儿子抱孙子。"

眼看着周围人家起高楼，宴宾客，回过头来看看我家的现状，的的刮刮（确确实实）的"落后分子"。

呒没对比就呒没伤害，有了对比，便是鲜血淋漓。在前后左右楼房的包围中，我家三间半平房越加显得破败，孤苦伶仃。

所以我妈真是急杀脱了。人家都在"五子登科"，我们家毫无动静。在她眼里，我应该是一事无成的，不是读书的料。直到现在，她还会说我哥那时读书比我好，看书比我多，只不过后来屋里向穷，只好断了上高中的念头。至于我姐，更是里里外外操持家务的一把好手。我曾一度认为，在我妈眼里，我竟呒没啥可取之处。也难怪她对我失望，家里的事我基本勿管的。包田到户后，我家分到了三亩地，每逢耕田播种收割便成了我的梦魇。有一年"稻飞虱（一种稻谷病）"肆虐，我顶着毒日到地里打农药，因为人小，背不起药水桶，就偷工减料草草了事，弄得三亩地几乎颗粒无收，成了全县典型，一拨拨的县乡干部都跑到我家的责任田前指指点点。我妈那时觉得自己的老脸都丢光了，对我咬牙切齿地说："看侬作的孽，吭没收成了，吃西北风去啊？"

1985年的夏，日头很毒，灼身灼心。

我站在黄浦江堤岸上，面朝江面，背后是我家的三亩责任地。鼻子一酸，想哭。

在我、我哥还有我姐和姐夫的共同努力下，我家楼房终于还是造了起来。

我家是我们宅上最后一家造楼房的。不仅如此，因为缺钞票，只造了"二下一上"，客堂间上面吭没屋，只是个平顶。但好坏算是造起了楼房，不再拖全队的后腿。

辂还是得到了村里帮助的结果。水泥预制楼板是庆弟他爸送的。他爸那时从党支部书记任上退下来了，成了村水泥预制件场的场长，便稍稍动用了下手中的权力。

我说："爷叔，侬就不怕人家讲侬假公济私？"

庆弟他爸嘴上叼着根烟，剜了我一眼："那我再让人把预制板拖回去？"

他给了我一记头塔，背着手走了，远远地甩下一句话："俉搭庆弟是小兄弟，好好交把日脚过好。"

等庆弟结婚的时候，我已经开起了桑塔纳，便鞍前马后为他服务，送伊去对江叶榭镇的丈母娘家，然后又为伊挡酒，把自己喝得烂醉如泥。

庆弟的媳妇还曾是我单位里的员工。谈恋爱那会儿，他从机床厂下了班天天跑我单位，我还以为兄弟情深，他是来看我的，啥人晓得瓣赤佬另有企图，看中的是我手下。

造房的时候，我还在合肥的大学读书，到我回来，崭新的楼房已起来，看上去很气派。

我站在场地的中间，拿起鞭炮的引线，一根火柴划过，点燃，巨响。

我妈笑了，终于了却了一桩心愿。

她的规划简单粗暴——造好房子，就可以讨娘子了。

大学毕业后，我回到了老家，住进了楼房。还用在学校写文章得来的稿费简单装修了一番。

而后讨娘子。但那段婚姻伤了我，也伤了我妈。

我在莘庄买了房后，我妈一个人住在乡下。

新千年开始，村里大动迁，老家的那幢楼房也在动迁范围内。

我不想拆，但终于还是拆了。

我用补偿来的款给我妈在闵行老城区买了一套"小两室"。

第三章 微澜

林老板

"以后老顾你不是生产队长了，你是厂长、总经理，你的村民就是你的员工。

"老顾你要像我一样，学会穿西装、戴领带，不要让人一看就是乡下头出来的。

"我们要把生意做到县城，做到上海，做到全国，甚至世界各地去。"

…………

林老板站在生产队的仓库前，慷慨激昂对着我伲高家生产队队长老顾说。

他的语气和神态极具煽动性和诱惑性，特别像多年以后那些搞传销的头目。

老顾频频点头，继而又下意识地摇头。他被林老板所描绘的伟大愿景给吓住了。

老顾那时候还不能称老顾，他30岁刚出头，担任队长才一年，叫小顾，或者称"顾队长"比较合情合理。

但林老板就喜欢叫伊老顾，尽管林老板自己的年纪要比老顾大好多。或许乡下的人原本比城市的人长得老相，在林老板眼里，自己远比老顾后生多了，也或许只是一种习惯，称声"老"代表一种尊敬，反正老顾不计较，旁人自然不会计较。

林老板是"从上海过来的"，是城里向人，举手投足间的一副腔调看上去就同我们村里人截然不同。他头势清爽西装笔挺，一根暗红色的领带垂在微微隆起的肚腩前，手指上还戴着一只硕大的嵌宝戒，上面镶嵌着蓝色的宝石，在阳光折射下一闪一闪，晃瞎了人的眼。

林老板迭副打扮，不要说在40多年前的乡下头，就算在城里，也是腔势十足，勿晓得的人还以为他是归国华侨呢。所以林老板一到我们迭种黄浦滩头落乡的地方，便引起一阵轰动。

林老板是到我伲队里来办厂的。

为改变家乡落后面貌，那时彭家渡正悄然掀起一股大办工业的热潮，村里在集体积累中东拼西凑出一点资金，投资办企业，从五金加工厂，到皮鞋厂、服装厂、纽扣厂等，多方位尝试。迭股热潮还波及了整个荷溪镇的其他村，甚至连一些生产队都不甘落后，纷纷通过各种关系找项目，寻求赚钞票的路子，想方设法挖掉穷根。

林老板就是迭个辰光来的。我们家北首一垛人家中有个爷叔，出去当兵后转业到金山石化做干部。伊认得林老板，便介绍了过来。

爷叔对老顾和村里的干部讲，林老板是个能人，脑子活，关系多，伊屋里向以前就是资本家，会做生意，"文革"时吃了不少苦头，现在要"出山"了。林老板来过我们队里后，就把矞里当作了他"出山"的第一站。

用他后来的话说，他一看到老顾就觉得有缘分，人老实，不耍滑头，心心念念把乡亲们挂在嘴上，矞说明什么？矞说明伊想做点事体，而不是想着个人发财。

林老板为队里搞来的第一个项目是为上海的一家国营厂加工护肤甘油。

甘油是啥，老顾勿懂，队里的其他人也勿懂。

林老板便解释，甘油可以补水、保湿、美白，让皮肤好起来。他对老顾招来的七八个队上的小媳妇说："倷天天做矞些，我敢保证不出一个月，手就变得水水嫩嫩的，倷屋里向老公都要爱杀脱了，恨不得一口啃下去。"

小媳妇们笑，老顾也笑。

小媳妇们倒不在乎自己的手会变成啥样子，乡下头干农活，手本身粗糙，都习惯了。伊拉关心的是能挣到多少工分。

林老板说："辭我勿管，是顾队长的事，但我有建议权，多劳多得，表现好的有奖金。还有就是，俪到厂里不是挣工分了，应该是说挣工资了，可以去买好看的衣裳、皮鞋，烫头发，把自己打扮得漂漂亮亮的。走在闵行街上，旡没人再说俪是'乡下人'。"

林老板说话不疾不徐，但富有感染力，把小媳妇们鼓动得心花怒放。

生产队的仓库离我家不远，只隔一条野河浜，所以当时我也跑过来轧闹猛，站在人堆里听着林老板的辭番话，感觉辭人能说会道，听上去旡没啥大道理，但人心上把握得恰恰好，用时下的语境来说，就是"接地气"。于是竟忍不住鼓起掌来。

林老板朝我看来。他有点疑惑一个瘦弱的小屁孩为啥会扎在女人堆中听伊讲话。于是冲我招招手说："小朋友，侬勿会是来辭里做生活的吧？"

旡没等我回答。老顾忙解释道："伊中学还旡没毕业呢，就是看闹猛的。"

老顾冲我挥挥手，意思是哪儿凉快哪儿待去。

高家生产队的护肤甘油加工厂在隆重热闹的气氛中挂牌开业了。

说是"隆重热闹"，其实就是请来了村支部书记老吴讲话，然后点燃了大炮仗和小鞭炮，在仓库前的水泥场地上噼里啪啦炸了半小时。

厂房是现有的，就是生产队的三间大仓库，平时堆着一些农用工具。分田到户后，大都用不上了。

老顾主内，负责生产管理，就是叫小媳妇们灌装甘油——把塑料大桶里的甘油灌注到一个个小玻璃瓶里，擦拭干净后再贴标签。都是人工的，吭没一点技术含量。

林老板主外，负责原材料采购和产品销售，一个礼拜来一次，来时用小货车装着几大桶的甘油，卸下后再装上已灌装好的小瓶甘油带走。

甘油加工厂的生意看上去很好，为了赶货有时还要加班。因为是计件制，多劳多得，一帮小媳妇"喔哟喔哟"干得腰酸背痛，倒是吭没怨言。

碰到加班，我便趁着吃好晚饭做完功课后的空当去看。有时还帮小媳妇们打打下手，装箱包扎。小媳妇们手上忙碌着，嘴上也不闲，说着东家长西家短的琐事，有时数落一下自家的男人，顺便发泄发泄对公婆的不满，以及对自家孩子顽劣的无奈。

阿杜娘子和顾家婶子老面皮，专门说些少儿不宜的话题，引得小媳妇们一阵哄笑，年轻一点的满脸通红，勿敢插嘴。

灯火通明的仓库里嘈嘈杂杂，热气腾腾。

一天晚上，照例加工厂加班，我做完功课后便跑去那里。

仓库里呒没往日的欢声笑语。只见林老板站在场地中间对着一群小媳妇指手画脚，口气激动，走近了才听清他在说些什么：

"看看俩做的好事啊，好好的生意都要被俩搅黄了！

"唉，俩迭帮子人就是种田生小囡的命，不光笨，而且蠢，就会骂自己的公婆，骂自己的老公，骂自己的小囡，还能有啥出息？

"都呒没声音了？平时咋巴（吵闹）得勿得了，比别人少拿了几块洋钿都要拼着命跟我讨价还价，犯了错就做缩头乌龟，不承认了。"

"还有俚……"林老板手指着蹲在墙角里的老顾，"平时我哪能讲的？质量、质量、质量！时间是金钱，质量是生命，现在倒好，都要吃西北风了！"

林老板眉字间写满了"恨铁不成钢"的痛心疾首，而老顾一言不发，面孔上像涂了一层糨糊，板着，难看得不得了。

后来我才晓得，林老板之所以大发雷霆，是因为加工甘油出了产品质量问题。

前不久，有个小媳妇不小心把塑料大桶里的甘油原料给打翻了，甘油流了一地。甘油运过来时都计算好量的，一只大桶灌多少个玻璃瓶逃都逃不脱，缺了当然不来三。为避免损失，小媳妇们自作聪明，赶忙用毛巾吸浸倒在地上的甘油，并重新回收到桶内，结果可想而知，里面混入了不少尘土和杂质。小媳妇们可不管这些，依旧把迭批原本只能报废的甘油灌进了瓶里，又因为损耗了一部分，于是每瓶都少装了一点。呆想想（简单想一下）的，迭种事体要是混得过去真出鬼了，当然被客户毫不客气地给退了回来，除了扣钞票，还要加工厂赔甘油损失的原料款。

一出一进，一个月白做了。

桛哪能不叫林老板光火呢？

于是，他宣布本月小媳妇们的工资全部扣除。

那个打翻了甘油桶的小媳妇作为始作俑者，自知理亏，不敢发声音。但其他小媳妇不干了，觉得林老板一刀切很不公平，纷纷围着他骂山门。

到最后小媳妇们的老公也来了，说到激动处竟要撸起袖子请林老板吃生活（挨打）。

老顾一看迭种阵势急了，终于不再缩在后头，挺身而出，粗着喉咙道："真是反了天了！佢想打林老板，那就先打我！"

在场的人被老顾迭股气势吓牢了，止了脚步。有人嘟囔："谁叫他勿讲情面的，伲吃辛吃苦的，到头来都白干了！"

有人附和："是啊，资本家太会剥削人了，啥人晓得伊自己拿了多少铜钿。"

林老板一听桛话，更加光火了，嚷着要离开，再也勿管什么狗屁的甘油加工厂了。

事体最终惊动了村支书老吴。

老吴一来就把一帮小媳妇骂得狗血喷头。伊威信高，吭没人敢翻毛腔。

老吴骂完后，对着林老板深深一鞠躬，语气诚恳地道歉道："对不起啊林老板，乡下人勿懂事，请侬老兄多多原谅。"

只有老吴晓得，在彭家渡迭种落乡的地方，要办个小工厂，请个能人过来有多少不容易。甘油加工厂虽小，但毕竟开始有效益产出，七八个原本在家务农的小媳妇每个月都能拿到二三十元的工资，辫都是林老板跑下来的关系。

老吴晓得林老板的路数，家里有一定的底子，社会关系很广泛，前不久还在同自己说要办木器厂的事。随着经济活跃起来，很多地方都在办企业，办公家具需求量很大，如果把握好迭个市场，还怕吭没钞票赚？

所以，老吴必须维护林老板，何况林老板的处理并无不妥，都在路子上，如果真的被迭帮小媳妇气走了，那可损失大了。

而且传出去影响不好啊，把一个远道而来，帮侬脱贫致富的老板给气走了，今后还有啥人会来彭家渡？

在老吴的努力下，一场风波终于化解。

小媳妇们再勿情愿也得接受现实，自我安慰，白做就白做吧，反正就一个月的工资，虽然心疼，今后还会再挣回来的，但厂子黄了，就啥都呒没了。谁想再回到之前回家种田带小囡的日脚啊！

林老板倒不是真的想走，伊是气不过。村支书出面，算是给了台阶下，而且小媳妇们也表示，一定听从管理，遵守规章制度，心往一处想劲往一处使，让厂子真正活起来。于是林老板便表态，留下了，跟大家同甘共苦，把厂子做大做强。

搿一留就是 10 年。

林老板算是竭尽全力，在甘油加工厂走上正轨后，他又帮队里办起了木器厂，一开始做办公家具，后来看到地板市场火起来了，就加工地板。一时风生水起。

等我大学毕业，回到老家时，林老板竟然把一家韩国企业引进到了彭家渡，在木器厂的基础上，办起了一家中外合资的木业公司。

老顾终于由队长变为厂长，又成了迭家木业公司的总经理。

1983年的夏

下午第一堂课是英语课，连明竟然迟到了。

英语老师C，我们背后都叫伊"黑田"，迭个绰号谁起的已无从考证，反正从我们进入荷溪中学读书时便已如雷贯耳。他的头发一年到头梳得贼贼亮，像抹了一层鸡蛋清，稀疏扁软地贴在小脑袋上，还弄了个中分，鼻梁上架着一副黑边框的眼镜。搞笑的是，人中处不偏不倚长了一颗黄豆般大小的黑痣，痣上还倔强地翘着几根毛。活脱脱如电影《烽火少年》中那个凶残的日本鬼子黑田的形象。

"做啥迟到？"C冲着站在教室门口的连明问，镜片后黄豆般的小眼睛透着阴郁的光。

连明低着头，慌乱而无助，憋了老半天才吭哧吭哧地说道："我刚……回家了一趟，在……在老街上被堵……堵住了，那里在贴大字报……法院布告，要……要杀人了。"

连明平时说话很利索，并不口吃，伊是被 C 迭副神情吓的。毕竟谁都晓得 C 一向阴损，尤其对待男生。

C 听不明白，坐在课堂里的我们也听不明白，当然，C 也不想明白。他把手中攥着的粉笔头用力地朝着连明弹去，连明的头下意识地一偏，粉笔头便擦着门框，向外急速飞了出去。

C 显然对连明的躲避行为很恼火，于是罚他立壁角，一站就是半堂课。

下课铃声响起，C 一摇三摆，目不斜视地出了教室。

我和庆弟等一帮同学迅速围到连明身边，才弄清了原委。

原来真的是法院又在荷溪老街贴布告了，辫次不同以往，贴的竟然是枪毙罪犯的布告。

狭窄的老街上黑压压地挤满了镇上的居民、附近的村民。连明中午回家取早上忘拿的癞蛤巴浆，要到中药店卖，看到辫情形，当然起劲，便挤了进去，结果被一拨拨来看稀奇的人堵住了，钻不出来。

连明是我们辫批同学中刮癞蛤巴的高手。癞蛤巴是乡下的土话，就是癞蛤蟆，学名蟾蜍，其耳后腺分泌的浆可做药。街上的中药店那几年大量收购，于是一夜之

134

间迭种丑东西成了乡下小囡眼中的宝贝。那时我们的书包里都有一只刮浆的夹子，无论上学放学路上，大家都在田野路边捉癞蛤巴刮浆，而后卖到药店，虽区区几角铜钿，但倍感金贵，转了身就到隔壁的小三店、文具店买吃的用的。街东头墙角有一个做野鸡蛋糕的摊头，那个香啊，都能把人的馋唾水（口水）勾出来。于是刮癞蛤巴浆的收入大多贡献给了它。

今天我们不关心连明的癞蛤巴浆卖了几钿，只想晓得伊看到的新贴的布告写了啥。

"对于当前的各种严重刑事犯罪要严厉打击，判决和执行，要从重，从快！"1983 年的盛夏，为保护改革开放初期所取得的丰硕成果，解决突出的社会治安问题，中央在全国范围内骤然掀起了一场声势浩大的"严打"行动。

荷溪镇虽然落乡，但也不是净地。迭里因为离闵行镇不远，与松江交界，附近还有几家"万人大厂"，故而鱼龙混杂，沉渣泛起。打架斗殴、流氓滋事一度盛行，甚至还有偷盗抢劫等恶性案件发生。一些贼骨头连村民家养的鸡鸭鹅都不放过。宅上桂田叔家辛辛苦苦养了六七只鸡，其中还有天天下蛋的母鸡，一夜之间都遭了殃，砌在屋子外墙的鸡棚被人洗劫，只留下一地鸡毛。桂田叔的女人气得跳双脚，一把鼻涕一把眼泪地骂山门，拎着桂田叔的耳朵骂骂咧咧，骂伊做啥晚上要睡得那么死。

勿要看桂田叔平常辰光在外头吆五喝六的，在自家女人面前就是只软脚蟹，勿敢发声音。伊心里想苦，要不是侬迭只女人一到夜头就急吼吼地"要"，非要掏空男人的身体，我至于一觉困过去醒勿过来吗？

桂田叔的女人在迭方面"火旺"，整个宅基的人都晓得。原本辤是人家的隐私，讲出来坍招势（丢人）。但桂田叔的女人却呒没觉得难为情，自己坦白承认的。伊讲，只要在辤方面把男人拴牢了，男人就勿会再去想出花头野出去了。何况乡下头一到夜里呒没事体做，夫妻俩死板板躺着有啥意思？

乡里派出所分管荷溪镇一带治安的民警小许骑上一辆"老坦克"来了，查看了一下鸡棚，皱着眉叮嘱了几句又走了。

迭种事体太小，管都管不过来。

于是，木春叔的女人便劝还在涕泪交加的桂田叔的女人："算了算了，连小许都呒没办法，侬自认倒霉吧。"
又说，"最好让辩些贼骨头吃了鸡后不得好死。"

小许其实不小了，是三十好几的老公安，可村里的
大人就喜欢叫伊"小许"，好像迭能显得亲近些。

小许到村里来，一直是笑眯眯的模样，呒没警察那
样应有的威严。但他一度是我们童年时期的阴影，只要
有小囡调皮捣蛋，做了某些出格的事体，哪怕只不过是
哭闹，大人们就会威胁道："再不听闲话小许来捉俹了。"

于是再也不敢闹，不敢作声。

那时的小许，不是小许，他代表着某种神圣的力量。

当小许身着藏青色的警服，和一帮穿中山装的公家
人神情严肃地出现在荷溪老街上时，人们意识到，有大
事体发生了。

小许和一帮公家人在供销社开的洋布店门口忙碌。
洋布店不卖"洋布"，卖的是国产的的确良、棉布、腈纶，
还有雪纺面料、绸缎被面等。只是人们习惯了叫"洋
布店"。

洋布店的门不是那种开启式的，而是一排拉的门板，
店开时取下，店关时再装上，有些麻烦。但老街上的很

多店铺都是迭能的，比如药店、肉店、五金店等。弄里的建筑都有着上百年历史，老早哪能样子，现在也是哪能样子，几乎呒没变化过。

弄里大多店挨着店，或挨着住家，唯有洋布店大门左右两侧是很大面积的墙，所以弄里便成了公家人眼里天然的宣传栏，"文革"时贴满了大字报，现在则贴从中央到市里到县里的各类公告。

弄段时间，洋布店大门左右两侧的墙上则贴满了法院的布告。

从最高院，到市高院，到县法院。

布告中所通告的是一桩桩的刑事案件，被逮捕、被判决的人。

有的人名被打上了血淋淋的大叉，十分触目惊心。

大叉后面肯定是迭能写道："将 ×× 犯验明正身、绑赴刑场，执行枪决。"那时犯人公判都要被五花大绑的，所以叫着"绑赴刑场"。

每张布告底部都盖着红彤彤的带有国徽的大印。

人们挤上前去围观，不时交头接耳地议论。

小许在一旁维持着秩序，扯着喉咙说："要好好做人哦，千万不要做'枪毙鬼'。"

他告诫大家，布告不能撕，撕了就捉进去。

布告上的名字都是陌生的，对荷溪镇的人们来说，除了慷慨激昂地表示下对那些犯罪分子的鄙夷和痛恨外，生活波澜不惊。

直到某一天，我们公社的名字竟然也出现在了布告上，人们猛然意识到"严打"的风暴已经逼近了荷溪镇。

公社里一个青年的名字被"大叉"了，他犯的是强奸罪，是被"从严从快"一枪崩了脑袋。

行刑地点在公社的奶牛场。很多人去看了，正在读初三的毛弟和班上几只顽皮猢狲也去看了。回来后毛弟面孔煞白，呕吐不止。

毛弟拉着我的手，一把鼻涕一把眼泪："玉林啊，'叭'的一声，人就倒下去哦，就呒没了哦！"

平时软不拉耷的阿彭在一旁，此刻对毛弟的夸张表现颇为不屑，说："真是呒没卵用。"

"严打"期间，彭家渡呒没幸免，也出了一桩丑闻。

有只"戆浮尸"，到闵行老街闲逛，在熙熙攘攘的人群中，鬼使神差，竟用手中的伞去挑了走在他前面的一个姑娘的裙摆，结果被人当场捉牢，扭送到了派出所。人证物证俱在，瓣家伙当场被刑拘，而后以流氓罪被判三年有期徒刑。

"戆浮尸"大喊冤枉，说是当时街上人太多了，伊不小心碰到的。原本瓣倒是个理由，但公安也不是乱来的，到彭家渡一调查，好家伙，此人早有前科，之前连拔窗偷看寡妇洗澡的事都干过，只不过邻里之间，碍于情面不了了之罢了。瓣次公然在公众场合大耍流氓，还能放过？

于是，他的名字也上了布告。

连明说，瓣人同伊是一个宅上的。

令人意想不到的是，C竟然也因"流氓罪"被捉了。

布告上讲伊"多次猥亵女学生，情节恶劣，影响极坏！"

我对C素无好感，从小学、中学到大学，甚至读研究生，他是我所有的任教老师中最讨厌的一个，呒没之一。说实话，他真的不是一个好老师，不说他的教学能力，在对待学生的态度上，他都配不上"老师"的称呼。我不是个极端的人，更不是会随便把人讲恶的人，但在对C的态度上，很长一段辰光里，我真的是莫名厌恶。

当然在 C 眼里，我也不算是一个好学生，英语成绩极差，严重偏科。但他勿晓得的是，我主要是因为讨厌他，继而讨厌英语，才把成绩弄得一团糟。天地良心，真不是我为自己找理由。

在讲课中，C 一般都是自顾自讲，从来不会问同学们有没有理解。我们小学是村小，直到五年级时才接触英语，只会 26 个字母，到初中就碰上了 C，又呒没好好引导，兴趣哪能培养得起？所以很多人的英语成绩一塌糊涂，但 C 并不放在心上，反而觉得我们箇帮乡下小囡真是笨得像屋里向养的那只"阿戇（乡下对鹅的称呼）"。

在对待男女生的态度上，C 截然不同。对待女生，尤其是漂亮的女生，他春风和煦，温柔以待；对待男生，却如秋风扫落叶般冷酷无情。惩罚男生，他惯用的伎俩就是罚站、罚背、罚抄、罚默写。

伊喜欢弹粉笔头，一旦在课堂上发现有人说话、打瞌睡，一截粉笔头保证毫不犹豫地呼啸而来。

我不爱上 C 的课，很多同学也不爱上他的课。一碰到英语课，便满脸愁容。

我除了被罚站、罚背、罚抄、罚默写，甚至还被 C 狠狠地阴损过。

我的前桌是个女同学叫凌儿，个子长得蛮高的，好像比我还高，也挺丰满，才十三四岁，就出落得秀丽大方，温柔可人。最令凌儿骄傲的是她一头乌黑亮洁像丝一般的头发，有时她会随意把它扎成一束马尾巴，有时会一丝不苟地把它编成一根长辫子。长辫子很神气地垂在她脑后，在我眼前晃荡着，诱惑着我常忍不住想着去抚摸它。因为迭根小辫子的缘故，男生们给凌儿起了个绰号——"小辫子"。

　　凌儿性格柔和，跟大多数男生处得不错。我属于近水楼台先得月，和她说话比较多，关系越加亲近起来。近到上课我无心听讲时，用手去抚摸她的"小辫子"她都不恼火，反而很配合地将身体尽量往后靠。

　　不过有一次玩过了火。那天上英语课，C讲得唾沫横飞，还不时地走到第一排的女同学面前，有意无意地轻拍她的肩和头，在四十多双眼睛的注视下肆无忌惮地揩着油。我对英语课本来就不感兴趣，再看到C骚叽巴拉的样，更觉讨厌，于是便想着又去玩凌儿的小辫子。捏着柔顺的发梢，我竟突发奇想，把它从椅背的杠中穿过，并在上面打了个结，"小辫子"感觉到了，但呒没表示阻止。正当我扬扬得意时，只听C猛喊了一声："凌

××，站起来，回答问题！"凌儿条件反射地站了起来，只听得她"啊哟，妈呀！"那小辫子把椅子拖了起来。随后凌儿的头猛烈地往后倾，我看到了她那张扭转过来充满痛楚的脸。一时间全班哄堂大笑。

C满脸阴笑，踱到我面前，一把拽起我："侬只小赤佬，我注意侬老长辰光了，勿好好上课，尽搞下作的物事。"随后他的手向门那边一指，"给我死出去。"我魂灵头都吓出来了，万般屈辱，灰溜溜地走向门口。

事后，C还把凌儿叫去谈心，要让她向学校告我耍流氓，幸亏我的班主任，也是我的语文老师及时阻止了他。说都是小孩子间的玩闹，反对伊上纲上线。

谁承想，C竟因自己"耍流氓"吃了官司。

C哪能猥亵女生的，猥亵了谁我们都勿清爽，事体牵扯到女生肯定要保密的。但我们晓得，不止我们辩一届，还有上届上上届，C都对一些女生下过手，有的女生因此而退学，只是缺乏证据不了了之。如今，流氓分子"黑田"终因多行不义被捉了起来，吭没有人同情。

C是被公安从学校悄悄带走的，但还是被一些同学看到了。

一个同学叫道："看呢，那个'流氓犯'。"

私 奔

1984 年夏末，小木匠和他的师傅来到了荷溪镇。

我能记得辩辰光，是因为那一年我正好从镇上的中学毕业。

小木匠大名马富才，是个外乡人，老家浙江东阳。但镇上晓得伊大名的人相当少，平常都习惯了叫伊小木匠。

东阳的木雕手艺全国有名，小木匠有没有迭方面的手艺我并不清楚，只晓得伊和师傅木工生活做得挺括。不光生活挺括，为人也实诚，用我们乡下话说就是"不刁"，算是对其人品的一种认可。

师傅是老木匠，马富才便是小木匠。就迭能叫开了。

但就是迭个在人们眼里"不刁"的小木匠，来到荷溪镇半年后，却做出了一桩令人瞠目结舌的事情来——

伊竟然和荷溪镇西张家老董的女儿阿颖私奔了。

对的，是私——奔——了！

私奔迭种事在荷溪镇很少发生，但并不代表呒没。男女之间看中了，"你侬我侬，忒煞情多"，倘碰到家长竭力反对，情急如火之后，一不做二不休，干脆跑路，至于有啥后果暂时是顾不上考虑的。但在我的印象中，迭种事体大抵是虎头蛇尾的。跑出去时轰轰烈烈，最后却是灰溜溜地收场。所谓真爱抵挡不了残酷现实的毒打，要钞票呒没钞票、要手艺呒没手艺，在异地他乡凭啥生活？于是，再坚贞的爱情就成了太阳底下五光十色的泡泡。所以，私奔迭种事体，大抵是小青年用来吓唬屋里向老人的，找个理由偷吃禁果，快活一番才是真的。

但小木匠和阿颖的私奔却是实打实的，而且一跑十年，毫无音讯。

小木匠虽然大名叫马富才，喻义是既富裕又有才，但爷娘似乎白取了迭个名字。五六十年代，小木匠的娘为了争当"光荣妈妈"，和自家男人不辞辛苦，日夜劳作，生了9个子女，四男五女，最大的大哥跟最小的小妹相差12岁，几乎一年一个。小木匠挤在当中，是阿五头。那段时间，村里人一年到头几乎都看着小木匠的娘腆着大肚子，呒没有空闲过。子女多了，看上去人丁兴旺人强马壮，但也真正拖垮了屋里向。

类似的情况其实在我们荷溪镇也有。我一个同学兄弟姐妹共 10 个，伊是“落脚儿子”，上头的阿哥叫“阿九”，伊小名便叫“小九”。他的“光荣妈妈”说不能叫“小十”，“小十”在当地话读音中同“小贼”一样，勿好。

小木匠 13 岁那年，他爹让伊去学门手艺，好自力更生，养家糊口。他爹在村南头给他找了个木匠师傅，是自己的结拜兄弟，姓杨，早年死了妻子，呒没小囡，正好小木匠给他做个伴，既当徒弟又当儿子。小木匠从此就跟着杨师傅走街串户开始了他的手艺人生。

一晃十来年，小木匠从一个流着鼻涕打下手的小徒弟变成了一个手艺精湛的青年木匠。按说三年满师，伊早就可以自立门户了，但看着日益衰老的师傅，于心不忍，还是跟着师傅做。

像小木匠迭能的木匠一般都在本乡本地干活，打家具，做门窗。有次在县城给一户人家做八仙桌，东家对小木匠师徒俩的手艺赞不绝口。东家姓金，伊跟我们荷溪镇上大户之一金家是远房亲戚，早些年常跑上海。伊讲那儿的木匠手艺勿哪能，而且越来越呒人做搿行当了，如果小木匠师徒俩能去的话，保准生意好，就是待上一年都吭没问题。师徒俩听了心思就活络起来。

"树挪死，人挪活。"小木匠和杨师傅合计后，背扛着木刨、木锯等简单的木匠工具坐着长途车来到了上海，来到了荷溪镇。

老金说得吭没错，小木匠师徒一到就接到了活，第一家要打家具的就是老金的外甥，伊要讨娘子，新房刚落成，还吭没来得及打家具。师徒俩赶巧了，于是，整整忙活了一个月，打好一整套的桌、椅、大橱、木板床等家具。那时还不兴给家具上油漆，死贵，刨边磨角上完桐油就算好了。东家一看，式样新，手工好，又结实又耐用又好看，便赞不绝口。加上师徒外表老实、不多言、死做活、工钱合理，于是口口相传，便在小镇上出了名，附近找伊拉打家具的人越来越多。连我妈都说等再过几年我长大了，也要请小木匠师徒来打家具。家里迭些年存了些木料，老人的愿望很简单的，打好了家具就可以帮我讨娘子了。

做手艺的就是迭能，做到哪里，吃到哪里，住到哪里。日脚一天天过去，小木匠和杨师傅在荷溪镇一待就是小半年了，镇里附近五六个村走了也有近一半。虽然钱挣得不算多，但活却不用担忧，基本上吭没断过。

转眼已近春上，小木匠和杨师傅商量着想忙完了手上的活，就息工回老家看看。师傅倒无所谓，就一个人百无牵挂，但小木匠有爹有娘，有兄弟姐妹，早晚总归有念想的。但是赶巧有户人家找上门，火烧火燎地要伊拉帮忙去打家具。原来也是孩子要讨娘子派用场的，已经讲好了日脚，可是女方家突然提出男方的家具都是老的太破旧了，不上台面，要翻新。辰光太紧了，瓣家人家只好来求小木匠师徒了。

师徒俩其实早收拾好了行李，本不想多揽事的，少做一家不亏，多做一家不赚，何况过了春上还要回来的，于是犹豫着推脱。那家人家来的是父子俩，爷指着儿子讲，伊是只跷脚，小辰光顽皮爬树掏鸟窝给摔的，30出头了，好不容易说上个媳妇，万事俱备，不能因一点破家具把事体黄了。

师徒俩心一软，就勉勉强强答应了。

那户人家姓董，就住在荷溪老街西首，靠河浜的地方。我在荷溪中学读书时，会路过他们家。

我们一帮同学都晓得那家老太脑子不大灵光，木兮兮好像有些痴呆。老董除了跷脚儿子，还有个女儿叫阿颖，二十刚出头，瓜子脸，杏儿眼，清澈明亮，小巧的嘴旁有两个酒窝，稍一抿嘴儿便显现出来。尤其身材，凹凸有致，长得有模有样。我同学新华看到阿颖第一眼，就脱口而出："迭个小阿姐真趣。"平时文绉绉的张军表示同感："是个，趣去趣来。""趣"是上海西南方言"漂亮""好看"的意思。阿颖那时的模样在我们辿帮刚上初中的小屁孩眼里是真趣。在小木匠眼中，阿颖不光趣，连声音也特别动人，他喜欢听伊讲闲话，一说话儿咯咯地夹着笑，丁零当啷满屋脆响。

刚开始时，反倒是小木匠显得难为情，只晓得蒙着头和师傅锯木、量斗、推刨，心里看着小姑娘喜欢，却不敢搭话。阿颖忙完了屋里的生活就到堂屋看他们做家具，有一搭呒没一搭说说话。她说自己从呒没出过上海市，最远的地方就是城隍庙、南京路和外滩，离荷溪镇十多里的闵行老街倒是隔个半月一月去一趟。杨师傅逗伊："阿颖呀，我走南闯北几十年，见过的地方多着咧，那一路上的美景几天几夜也说不完，你要听，我自然讲给你听，不过，你得备好老酒，不能太抠了。"阿颖一点也不含糊，咯咯笑道："老酒自然是有的，可不能给你老木匠多吃啊！吃糊涂了要讲酒话，骗我这呒没见过世面的乡下人。"

小木匠表面上一门心思在锯着木料，两只耳朵却无时无刻不听着阿颖和师傅说笑斗嘴，一双眼睛更是时不时偷瞄着阿颖。

杨师傅是过来人，哪能勿晓得徒弟的心思。辩十来年他们朝夕相处，徒弟的一举一动都逃不过他的眼睛。二十好几了，该是讨媳妇的时候了，可做木匠活走街串户的，一年忙到头，呒没空闲的工夫。本来小木匠的老爹捎信，说迭个春上给他请个媒人说说看的，结果老董一掺和，自己逼着徒弟过来了，看来事体又要拖了。到老董家，他第一眼看到阿颖，就觉得小姑娘长得干净清爽，尤其不认生，跟徒弟倒是十分般配。但自己和徒弟是外乡人，啥人会放心把女儿嫁得那么远？再说，像老董迭能的人家是要有阿颖辩种性格泼辣的女生撑门面，否则肯定会散架子的。不过，他瞅出其实阿颖倒是对徒弟蛮上心的，是不是真喜欢不好讲，也有可能在家里太闷了，所以见来了生人就起劲了，有点人来疯的味道。

但是，接下去发生的事让所有人始料未及。

一天早上，等杨师傅和老董一家起床，大惊失色：小木匠和阿颖竟然不见了！屋前屋后找，跑到荷溪老街上找，哪有他俩的身影。

最后在阿颖的床头发现一张纸条，大致意思是她喜欢上了小木匠，晓得家里肯定不会同意，所以就和小木匠不告而别。

事情明摆着，两个人串通好后跑了，就迭能赤裸裸地跑了。

老董瘫坐在屋前的场地上，捶胸顿足；阿颖哥哥跷着腿转着圈咒骂；杨师傅面如死灰，不敢言语，仿佛自己是罪魁祸首。

私奔迭种事，无论在啥辰光啥地方，都是上不了台面的事，甚至被人笑话。就一个上午的辰光，小木匠和阿颖私奔的新闻如夏至扑面而来的黄梅雨浇透了整个荷溪镇，并在很长一段辰光里，成为周边乡民们茶余饭后的谈资。有人带着对老董一家的同情和惋惜，叹一声"命苦"；有人则义愤填膺，大骂小木匠师徒是"祸害精"，勿要面孔；也有人斥之为伤风败俗，荷溪镇的名声因为辫种事体臭不可闻起来。当然，还有一部分年轻的人却在私下拍手称赞，觉得辫是桩很浪漫很刺激的事。我隔壁班的同学银凤讲，伊如果碰到像阿颖辫能趣的姑娘，只要情投意合，私奔又哪能？还要养一大串小囡才好白相呢。我和红伟、庆弟等便笑银凤人都吭没长开，就发骚了，勿要面孔。

有人猜测，不会是小木匠把阿颖拐卖了吧？伊拉让老董去派出所报警，老董真的去了。派出所的小许告诉伊，吭没证据立案，何况倷女儿都留了纸条的。

小木匠和阿颖私奔的具体过程啥人都不清爽，反倒在各类人群的传播中越发迷离，所谓的真相其实在迭种辰光变得已不重要，人们往往会根据自己的臆想，来构建着自己以为的真相。

一晃就是十年。介长辰光，荷溪镇当然又发生了很多令人"津津乐道"的事，有好事也有坏事，乡村生活中最不缺少的便是八卦的事，就算吭没八卦，总有好事者制造点八卦出来。所以，小木匠和阿颖的事在荷溪镇慢慢被淡忘了。

然而，生活往往就是迭般戏剧性，当人们把迭桩事体遗忘了，连老董也觉得再也见不到女儿时，小木匠竟带着她和一对儿女开着一辆白色的小面包车出现在了荷溪老街上。

见面的场景相当平淡，甚至无趣，丝毫不见波澜，呒没有积压已久的暴风骤雨，也呒没类似抱头痛哭的苦情宣泄。听到阿颖叫了声"阿爸"，老董愣了半晌后只淡淡说了句"回来了？"便不再作声。

箇场景让荷溪镇上的人都失望了，不应该啊，就箇能？电视剧中久别重逢的场面可不是迭能演的。

有人愤愤不平："老董真是老实头，哪能就不给小木匠和阿颖一记耳光呢？连骂都不骂一声。"

有人说："看小木匠和阿颖穿得山青水绿，在外头日脚过得应该勿错，勿晓得发财了呒没？"

也有人说："帮帮忙好哦，开辆昌河，像发财的样子吗？讲不定是日脚过不下去了，才想到回来的。"

更多的人暗地里斥责阿颖他们呒没良心，不顾屋里向人死活一跑了之，作孽啊作孽，哪能养了迭种女儿。

．．．．．．．．．．．

小木匠的确呒没发财，箇十年来一直做着木匠的老本行，自己做起了师傅，带了几个徒弟，也算有支队伍了。财呒没发，但日脚过得还算不错。箇趟回来，是因为大儿子已到了读书的年龄，而他和阿颖竟然呒没办过结婚证书，回来拿户口簿想补办的，否则两个小囡都是黑户口，大了就难弄了。

辩些我都是后来听小木匠亲口讲的。小木匠和阿颖回到荷溪镇上时，我已大学毕业几年了，回到了老家工作，想着要把前两年造的楼房装修一下，顺便打一些家具，于是便去请了小木匠来帮忙。

等小木匠做好生活，陪伊吃点小老酒，我的八卦心泛滥。小木匠并不藏着掖着，我才了解了当年他和阿颖私奔前因后果。

我问小木匠："侬和阿颖当时哪能会想到要私奔啊？真的是为了爱情不管不顾？"

小木匠难为情地"嘿嘿"一笑："唉，太冲动了，年轻嘛不懂事体。"

他说他和阿颖是真心欢喜的。第一眼看到就觉得自己一定要讨阿颖做娘子。而当时有人在帮阿颖做媒，已经相过亲了，但阿颖看不上对方。不过老董却是满意的，主要是男方家境好，能多出点彩礼，迭能样子自己的跷脚儿子讨娘子就不用担心要借债了。

阿颖本来认命了，为了哥哥能讨上娘子，只能自己做出牺牲，但呒没想到小木匠出现了，两个人还相当谈得拢，伊心头就活络了，不甘心起来。

两个人干柴碰到烈火，烧得个里外焦透。但一想，如果老董晓得了，肯定会不同意，不光是钞票的问题，主要还是小木匠是外地的。

哪能办？阿颖魄力比小木匠大，说："干脆跑，侬有手艺，还怕饿肚皮？"

于是，他俩就跑路了。简单而冲动。

"我一开始听说你俩的事，的确觉得做得过分了，一走了之，呒没情分，后来听街上的邮递员龙哥讲，倷每个月都会汇钞票给阿颖爸,晓得倷还有点良心。"我说。

"冲动是魔鬼。"小木匠用手挠挠头发，"好多次想回来的，不敢啊，怕被打。"但他强调，如果勿跑，他和阿颖基本上是有缘无分。

我默认了，觉得自己呒没资格说三道四。

"还走吗？"我问小木匠。

"不走了，老丈人那里讲好了，他老了，阿颖她妈也呒没了，哥哥那里也要照顾，我就当个儿子养他们吧。"小木匠淡淡地说道。

我说："我读大学时，把你和阿颖私奔的故事讲给同学们听，他们都说我编的，都80年代中期了，哪能还会有这样的事啊，尤其是在上海乡下头，又不是偏僻的山区。"

"哈哈哈，"小木匠笑了起来，"哪天我见见你的同学，主角出现，他们就相信了。"

"以后我要把你和阿颖的故事写到小说里。"我说。

"真的？那一定要告诉我，我要看的。"小木匠说。

我呒没有食言，又一个10年之后，我终于把小木匠和阿颖的故事写入了我的一部长篇小说中，挂在了当时著名的文学网站起点中文网上，连载不到2万字，起点编辑就来同我签约，点击量噌噌上升，达到了100多万人次。

我把链接发给小木匠，一个星期后，小木匠来电："哪能还要付费呀？太坑人了。"

继而他又说道："玉林，你太黄色了，我和阿颖呒没结婚前都是规规矩矩的，哪有你小说里写的那样猴急，把我都写成色鬼了，祸害良家妇女。"

我呛他："帮帮忙好哦，你和阿颖是先上车再买票的，结婚证书都呒没领，就有了两个小囡。还私奔，我佩服侬！"

对过一阵沉默，而后小木匠贼塌嬉嬉地来了一句话："有稿费吗？请我吃老酒。"

156

毛弟跳"农"门

自行车铃声脆响，悦耳动听。

毛弟骑着新买的永久牌26寸自行车，在我家门前炫着车技，他瘦削的脸上戴着一副宽大的茶色蛤蟆镜，新烫的爆炸头张牙舞爪，除了别扭还有点滑稽。那条上窄下宽的喇叭裤随大腿晃动，犹如一把扫帚，仿佛能卷起一阵风。

"侬迭副样子还是有点美中不足啊！"我冲着毛弟说。

"哪能意思？"毛弟不解，他自我打量了一番后说，"侬懂，觖身行头是现在最流行最灵光的好！"

"侬不是学港台风吗？"我说，"那当然是还缺一只'四喇叭'。"

"四喇叭"是指当时十分流行的卡式收录机，基本上是从日本进口来的，播放磁带有单卡和双卡。它是那个年代的奢侈品，谁拥有迭能一个物件，走在街上百分之百会成为焦点，有着超人气的回头率，虽称不上万众瞩目，但弹眼落睛是肯定的。

毛弟头一扬，鼻子"哼"了一声："喊，侬看好，年底我就买回来，到辰光请侬听张明敏、费翔的歌，嗯，还有邓丽君的。"

他的话音底气十足，不带丝毫犹豫。

我只好歇搁，晓得毛弟不是在吹牛皮，掼腔调。

毛弟是我们这批同龄人中最先"阔"起来的人。因为毛弟进入一家日本人开的厂。

1983 年，在荷溪镇的东头，闵行城区附近，一大片农田被圈了起来，搞起了经济技术开发区，还是"国"字头的，大量引进外商投资建工厂办实业。在短短一年辰光里，有上百家中外合资、中外合作经营、外商独资企业建成投产。

官方称迭些工厂为"三资企业"，我们乡下头则直截了当地叫"外国人"的厂——尽管迭些企业并不都是外国人投资的，有港商台商，还有换了个身份的"假洋鬼子"。

迭些"三资企业"，绝大部分的员工来自附近的农村，马桥的、北桥的、颛桥的，当然少不了荷溪镇上的。

158

还有松江的车墩、九亭、叶榭，奉贤的坞桥、肖塘、庄行等。

都是十七八岁的小青年，大部分还呒没结婚。如超过 25 岁，厂里向基本不要。

当时，广州、深圳、东莞、珠海是改革开放的前沿阵地，有大量外资企业，但缺乏劳动力，所以湖南、广西、云南的青年人都跑过去当了"打工仔""打工妹"，反倒是我们辣里劳力过剩，迭些厂给大量困在农田里荷锄躬耕的初高中毕业生带来了新的出路。如此，谁还会守着家里一亩三分地？

以前要想脱离乡下头，无非是"书包翻身"，考进大学或者中专，能力强、运气好的被推举进乡里、县里等一些单位，苦熬几年有了编制，户口转了，日脚便美滋滋起来。如今有机会进三资企业，辣是不是也算另一种形式的跳出"农"门？

毛弟脑子活络，又加上有亲眷在乡里上班，他和他三阿姐早早报上了名，结果两人都进了开发区里的"三资企业"。三阿姐进的是家香港老板投资的专做玩具汽车模型的工厂，而毛弟进了一家日本人投资的电子厂。

毛弟得意地说，迭家电子厂有 1000 多个女工，男的才几十个，大多数是维修工、仓库搬运工，他跟着日本来的师傅学流水线维修，"工种不要太吃香哦！"他说。当然，他也发牢骚，日本人师傅太坏了，每天叽里呱啦凶人，稍微做得不到位点，便是吹胡子瞪眼，一副要吃人的样子，最最让毛弟吃勿消的是，连上个厕所都要规定好时间。"我终于晓得啥叫资本家了。"毛弟在我面前大倒苦水，"玉林，辪是不是叫剥削？是不是？"

"侬勿要得了便宜又卖乖。"我一脸鄙视。毛弟说话从来半真不假，而且往往有夸大的成分，不能全信。就像前几个月，他说他正在同荷溪镇上的金家小妹轧朋友，结果便闹出个笑话。事情的经过是，那天，毛弟到老街上的药店去为生了病的老娘配中药，药店隔壁的金家小妹正好出门，两个人不当心撞在一起，金家小妹红着脸忙着向他道歉，毛弟两只眼乌珠定洋洋地盯着人家挪不开了。

金家小妹长得趣，个子小巧玲珑，皮肤又白，她年龄同我们差不多，家就在荷溪老街，但读书却在闵行城里，所以并不熟识，连叫啥都勿晓得，只晓得伊姓金。反正辪条街半条街是姓金的，半条街是姓顾的。看到金家小妹迭副窘迫的样子，毛弟也不淡定了，面孔血血红。

毛弟和金家小妹不撞不相识，后来碰到就熟络起来。伊嘴巴花，金家小妹喜欢听伊讲，慢慢地毛弟便有种错觉，总认为金家小妹对伊有意思，于是便开始在言语中试探，同时还得意扬扬同我和阿黄阿祥他们说，他和金家小妹正在轧朋友，就迭能事情豁开了，越传越真，越让人相信，到最后竟有人说他们俩要订婚了！

还好故事呒没演绎到结婚、养小囡的地步。金家小妹爷娘忍无可忍，出面做了澄清，严厉斥责了辣不负责任的谣言。金家小妹更是愤然断绝与毛弟的一切交往，顿时让毛弟的春秋美梦化为泡影。

我和红伟、庆弟、连明等一众兄弟对毛弟迭种厚颜无耻的行径进行了深入批判，但他不以为然，还叫嚣着什么"梦想还是要有的，万一实现了呢？"当二三十年后，互联网上的风云人物马先生用同样的话谆谆教导年轻人时，我一时恍惚，到底谁是原创？

类似打脸的事在毛弟身上发生过多次，后来我们都见怪不怪了。

毛弟第一次拿到工资，竟然多达 180 元，把宅上的人都惊呆了，以为是听错了，尤其是阿祥的爸爸木春叔，他在重型机器厂选能的国营大厂里工作了 20 多年，每月才拿 80 多元，毛弟迭种鼻涕囡，毛都吭没长齐凭啥收入比伊还要高出介多啊？难道开发区里的厂真的是遍地黄金？辩也太颠覆认知了。

毛弟的三阿姐在玩具公司工作，拿的是计件工资，比毛弟少，但也有 120 多元。姐弟俩加起来，几乎要抵上宅上纯农户的年收入了。那些好不容易进了村办企业的小青年，每个月也只不过三四十元，还不是月月清，要到年底结算，至于乡办企业，高不了多少。

一时间，负责开发区招工的劳务所门槛都要踏烂了，家里有适龄青年的，都想进那些"外国人"的厂。阿黄和阿祥虽然还不到年龄，也在到处托关系，看看有没有机会。他们看到毛弟下班回家，便屁颠屁颠地跟在他后面，打听电子厂还招不招人。

毛弟倒是不摆架子，有一句讲一句。他觉得阿黄和阿祥除了年龄不到外，就是进了厂可能都吃不了苦。"外国人"的厂规矩太多了，一旦触犯了规章制度，罚款开除是家常便饭，不足为奇。上班时抽烟、闲聊、串岗，该站着你坐下，该坐着你站起来，都可能遭到罚款乃至开除的处分。"俩平常辰光太自由散漫了，吃勿起苦的。"

毛弟一本正经地教育道。

阿黄、阿祥对视了一下，一致认为毛弟是在夸大其词，甚至是危言耸听，还有可能是在推脱。哪能，侬毛弟平时不也调皮捣蛋吗？进了"外国人"的厂，说起话来倒是一套一套了，弄得来像真的一样。

在一旁的毛弟三阿姐见两人脸色像拉屎一样难看，忙说："毛弟不是在吓侬，伲公司有一位车工完成了定额后在下班前 5 分钟去洗手，正巧被工头看到，被罚款了 15 元。"顿了下又道，"我还听说针织厂有一个职工在外头白相二八杠（一种赌博形式），被公安局拘留了五天，厂里晓得后直接开除了。老板的意思是，勿希望有员工损坏企业的名誉。"三阿姐讲的迭桩事体我也听到过，巧的是辪人以前在马桥一家乡办企业工作过，曾因打架斗殴，厂里要做处理，便扬言啥人敢动伊，就对啥人勿客气。可辪次屁话都呒没一句，只能灰溜溜地卷铺盖走人。

阿黄阿祥觉得因为赌博被拘留、被开除也是正常的。他们搓麻将，小来来，勿会介严重的。毛弟晓得伊拉是不死心，于是又举了一个例子：伊拉电子厂有对同村的小姐妹，在同一条流水线做插件工。公司本来规定员工间不准相互打听各自收入，但其中一个姑娘忍不住去问另外一个，对方犹犹豫豫地透了一个数字，问的姑娘一算，自己少拿了两张分（20元，一张分为10元），啥意思，两人都是一样做的，哪能自己就少了呢？太不公平了。伊想不通，于是向车间拉长提出疑问。拉长微微一笑说去核查一下，便到了经理那里，经理又汇报给老板。下班时，姑娘被人事告知，伊被开除了，因为违反了公司规定。与此同时，另一姑娘因透露公司"机密"，被罚了款。

毛弟三阿姐在一旁频频点头，她说："是的是的，俹电子厂辗事体轰动了整个开发区呢，阿拉一帮小姐妹都在说'外国人'太凶了，斩起来勿给面子。"自从进了"三资企业"，三阿姐真以为跳出了"农"门，也开始从"阿伲"到"阿拉"起来，似乎在表明自己身份的改变。

话说到辗份上，阿黄阿祥早已呒没了兴趣，只好讪讪地说，以后再看，以后再看。当然还是不忘叮嘱毛弟留心着工厂招工的事。

后来我对毛弟讲："侬勿帮忙也就勿帮忙了，勿要吓人家啊。"

毛弟"嘁"了一声道："我哪能吓人家呢，实话实讲而已，吃不了苦就勿要进'外国人'的厂，侬以为我这180元是好赚的？天天在日本人面前点头哈腰，像孙子一样被人骂，技术上还要不输人家，得多动脑筋，混腔势（蒙混过关）是不来三的。"

毛弟继续说："不过闲话反过来讲，到了迭种企业，侬才感觉到啥是竞争，本来认为除了钞票多点，呒没啥大花头，但现在做起来有点味道了。因为在乡下办事，靠的是亲戚朋友、门路情面，而在辩里完全靠的是自己，有种认识'自我价值'的机会。"

我扑哧一笑："哟，进了'三资企业'，眼界不同了，连思想都升华了。"

毛弟自我感觉又好了起来，他拍着我的肩道："那当然，我不像你和庆弟伊拉，都想着考大学、读中专，跳出乡下头的，我不是读书的料啊！"他叹了一口气，说，"现在正是好机会，我得好好学，将来自己做生意，开个工厂当老板。"

"好啊好啊，到辰光我给侬个大老板打工。"我频频点头，附和着他。

"滚一边去！"毛弟笑了。

云 妹

我认识云妹，是毛弟介绍的。那时我刚上大学一年级。

毛弟和云妹是同事，都在开发区日本人开的那家电子厂打工。一个是维修工，一个是流水线上的插件工。

云妹第一次到我家玩时，正好被我妈撞见。我妈瞅了她一眼，笑笑，就自顾自到屋后的小菜地忙去了。

等云妹走后，我妈问我，小姑娘是不是我女朋友？吭没等我回答，她跟着嘀咕了一句，趣是趣的，就是嘴唇皮有点薄，还瘪进去了点。在她看来，迭种面相有点刻薄，是勿好相处的人。

我哭笑不得。其一是我妈误会了我和云妹之间的关系；其二是我吭没想到她对云妹的第一印象竟是迭能的，到底啥人刻薄？

我忙跟我妈解释，云妹是和毛弟一个厂做生活的，她是问我来借书的。说同事，我妈瓣种乡下头妇女听不懂。

"毛弟个小囡路子野，喜欢瞎白相，傎勿要被伊带坏了。"我妈摇摇头说道。一面孔的担忧。

我放暑假，从学校回到上海乡下头，人一下子空闲了起来。

红伟师范刚毕业，在参加入职前培训，连明读了电机中专，进入最后一年的社会实践。伊进了上海交大闵行校区的附属工厂，那些来实习的女大学生看到伊就嗲兮兮地称"老师"，让个子不高的连明感觉交关好，胸不由自主地挺了起来，穿着也开始山青水绿起来。

我和庆弟无所事事，伊同我一样，都还在读大学。

毛弟看到我们无聊，便说要带我们见见世面。

反正毛弟每个月都有工资拿，而且听伊自己讲蹐几年在电子厂混得风生水起，担任了维修部的小头头，薪水又涨了不少。我们乐得跟在伊屁股后头白吃白喝。

闵行影剧院新开了家舞厅，在三楼。

舞池里挤满了人。灯光，眼花缭乱；音乐，震耳欲聋。我和庆弟坐在舞池边上的卡座里，抽着烟扯着喉咙吹着牛，基本上听不清对方在说些啥。

毛弟早把我们抛弃了。在舞池中央，伴随着强劲的迪斯科音乐，和一群男男女女疯狂地扭动着屁股。

辫就是他要让我们来见识的。彼时，跳舞热在一些大中小城市遍地开花，跳舞的都是小青年（现在辫批人都变成了广场舞的主力军）。主要是经济活跃了，年轻人手上有了点小钞票，便想着寻地方"白相相"，可供娱乐的场所却少得可怜，要么吃五喝六找帮人打牌、搓麻将，要么就待在屋里向看看电视、录像来打发辰光。阿彭花了老价钿，买了台录像机，到处寻人借带子、拷带子。有次一不小心弄了盘"带颜色"的回来，看得伊目瞪口呆，心虚地问我要不要紧。唉，真是个老实囡。

"跳舞热"的兴起，满足的是一颗颗好动、不甘寂寞的心。

我们大学里几乎各个系的学生会每周都会举办舞会，不过我是舞盲，很少参加。庆弟同我一样。其实迭种舞会真正喜欢跳、跳得好的人不多，都怀有各种目的，轧闹猛是一方面，还有便是"心照不宣"啊，男男女女在一起，说不定"舞逢知己"呢？所以舞厅也成为青年人的社交场所。舞可以跳得不正宗，吉特巴、伦巴、三步、四步都走了样，但舞者的情绪却交关热烈。尤其是男人们，在激荡的音乐声中，搂抱着美女，早已是荷尔蒙飙升，兴奋得呒没方向。

一曲毕，毛弟走了过来，身旁一前一后跟着两个女生。

短发的看着眼熟，仔细瞅瞅，原来是荷溪老街上的金家小妹。我和庆弟一额角头的疑惑。我们都晓得毛弟是追过金家小妹的，八字呒没一撇时，就宣布伊是自己的女朋友，惹得人家光火，差点告伊诽谤，从此一刀两断。如今哪能看牂一刀并呒没切下去啊，看两人眉来眼去的，都不能说藕断丝连，反而有点"狼狈为奸"的嚣张。

"迭位就不用介绍了吧？"毛弟看到我们诧异的表情，干脆一把搂过金家小妹说道，"我和她的事慢慢同倷讲，迭位……"他指指另一个女生说，"是我同事，人家是女诗人哦。"他冲我抬抬下巴道，"玉林，跟倷蛮搭的，有共同语言。"

毛弟介绍的迭位女同事便是云妹。

云妹个子高挑，披肩长发，相貌其实不算是趣的那种，但挺耐看，还有点青涩。嘴唇确如我妈后来说的，薄薄的，有点瘪，但不影响大局。

云妹主动和我握手，软软的，细腻。

我对她说："你的手一点都不像流水线插件工的手。"

说完后，我就后悔了，痞话无论如何总显得唐突，甚至有些暧昧。

那天跳完舞，毛弟骑自行车带金家小妹，让我带上云妹，庆弟则一个人骑车。

我的任务是把云妹送回屋里向——其实也不是屋里向，是她目前借住的地方。吭没想到云妹就住在荷溪老街上，是金家小妹介绍的。

路上，云妹告诉我，伊屋里向在莘庄北首，也是乡下的。因为到开发区上班不方便，便在厂子附近借了房。原先在金星村，伊实在不喜欢那里的环境，几乎每家每户都借满了打工者，乱哄哄的，肮脏污浊，一路上的违章搭建，上个厕所都麻烦。有次跟着金家小妹去荷溪镇逛街，眼前顿时一亮，石板路、小庭院、小桥流水，老砖墙缝里的青苔，还有街两旁的商铺，散发着浓郁的烟火气。她的文艺性情顿时无比泛滥，于是缠着金家小妹，找到了一户愿意出租的人家。

那是一家沿街面的房子，带小庭院。云妹说她的屋子很小，才八九个平方米。透过窗就能看到庭心中间的那棵茂盛的芭蕉树，满目翠绿，尤其是秋雨绵绵时，雨打芭蕉，声声点点，确有种"相思一缕到天明"的意境。

我卖力地骑着车，听得多，讲得少。已是晚上10点多了，从闵行镇通往荷溪老街的大马路笔直而宽阔，路灯昏黄，几乎不见行人，偶尔有车驶过，卷起一阵风，惊起路边树枝上一阵蝉鸣。

在这能一个夏夜里，骑着自行车，后面还带着一个刚认识的女生，贴着后背，总有点某种奇异微妙的感觉掠过，甚至有种心猿意马的冲动，十几里路竟觉得太短了些。真想一路骑下去，骑到松江城。

原来跟毛弟、金家小妹和庆弟他们一路骑行，那辰光才发现早不见了他们的人影。

第二天我刚到家吃好晚饭，毛弟晃晃悠悠地荡过来了，他贼忒嘻嘻地问我，昨晚送云妹回去有啥故事？

我反问："侬希望有啥故事？"

毛弟拍拍我的肩，道："人家小姑娘晓得侬是大学生，又是读文科的，还发表了不少文章，所以想好好请教请教。"他耸耸肩，又道，"侬看机会来了，好好把握啊。"

毛弟热心肠，但伊做事体常常一厢情愿。他早在我和庆弟等人面前宣称，电子厂有1000多个女工，大都吭没谈恋爱吭没结婚，要找女朋友伊可以帮忙介绍。伊拍着胸脯豪气万丈地说道："兄弟们，俫下半辈子的幸福我来搞定。"

对毛弟的话啥人都不会当真，伊迭种口气比力气的态度我们见多了，认真了被伊卖掉都还在替伊数钞票。

何况我们年纪还真的小，20岁不到，对啥是爱情都吭没理解。我不得不承认，我们的青春期是迟钝的，根本比不上同龄的女生。

我不光是迟钝的，还是有贼心吭没贼胆的那种。我人缘好，女性朋友倒是不少，但当时女朋友还真吭没。直到大学毕业时才幡然醒悟，发现班上的很多男同学明里暗里都轧了或轧过女朋友，顿时追悔莫及，想着自己是被学校的校规校纪给害了，那上面不是清楚地写着什么"不准在校园里谈恋爱"，一经发现"将作出严肃处理，直至开除"……瑎不是忽悠老实头吗？

我大学同班同学小可是安徽阜阳人，他学着用十分搭僵的上海闲话讲："侬只戆大，勿准在校园里谈恋爱，又吭没讲勿可以在校园外谈恋爱啊，在外头大马路里侬

172

尽管谈。"

确实，在谈恋爱辺方面，小可同学是身体力行的，大学读几年，他谈了几年恋爱。毕业后就把对方娶回了老家。伊老婆也是我同学玲子。

毛弟当然不愿理会我在想啥，他辺方面和小可一样，早发育，对恋爱无师自通，又加之面皮厚，有着越挫越勇的精神，终于拿下了金家小妹——辺是他后来向我们坦白的。

他从车把上取下包，从里面掏出两本封面花花绿绿的笔记本扔给我说，云妹写的诗，说让侬"指正指正"！继而狡黠一笑："人家小姑娘都豁翎子拔侬了，要把握机会哦。"

云妹喜欢诗，爱看舒婷、席慕蓉的诗，自己也写诗，但讲伊是"女诗人"，那真有点不把诗人当回事了。

20 世纪 80 年代是诗歌最好的年代，诞生出了很多著名的诗人，被称为当代诗歌的黄金年代。那个年代不读诗都无地自容。那个年代轧朋友谈恋爱不看面孔不看钞票，看的是才华。

"朦胧诗派"北岛、顾城、舒婷，外加天才诗人海子，并称当代"四大诗人"。

海子的"我有一所房子，面朝大海，春暖花开"，曾成为我们梦想中生活的样子。辟句诗激荡着我长期挥之不去，几年前，我终于忍不住出手，在地处汕头的南澳岛买下一套面向大海的房子，装修好后却一天都呒没去蹲过。也许仅仅是为圆一个青春的梦。

顾城因为那句"黑夜给了我黑色的眼睛，我却用它寻找光明"，成为青年人膜拜的对象，从而被誉为"唯灵浪漫主义"诗人。

而北岛"卑鄙是卑鄙者的通行证，高尚是高尚者的墓志铭"，则展示出诗歌刺破天穹的力量。

那是个文学神圣的年代，那是个诗歌灿烂的年代。情感上的富足，是我们最大的富足；精神上的追求，是我们最大的追求。

我觉得自己特别幸运，在大学时代能遇到一场文化高潮，经历心灵的思考和反思。但老实说，我对诗的兴趣并不大，喜欢的是萨特、尼采、弗洛伊德、叔本华的书，经常十分严肃又故作高深地思考自我的价值取向以及人生道路。萨特强调"自我选择""怀疑精神"，尼采说"上帝死了"，于是我和我的同学——来自安徽宣城的吴军、湖南湘西的马珂，还有内蒙古扎赉特旗的老郝，在城市昏黄的路灯下，就着臭豆腐、花生米喝着冰镇啤酒，开始忧国忧民。

日子闪闪发光。

"那时我们有梦，关于文字，关于爱情，关于穿越世界的旅行……"很显然，云妹深陷其中。

云妹告诉我，她书只读到高一就不读了，因为她除了语文还过得去，其他功课一塌糊涂，就算勉强高中毕业，大学是无论如何考不取的。与其迷能，还不如早点出来"做生活"，为家里减轻点困难。云妹说，她还有个妹妹，功课倒是不错，拼一把考个大学呒没问题。

云妹的笔记本封面花花绿绿，里面也是色彩缤纷，除了一行行的文字，空白处还用彩笔画上了各种花朵、鸟儿和树叶，还有头上打着蝴蝶结的女生。

其中一本笔记本的扉页上，抄录着舒婷的《致橡树》：

我如果爱你——

绝不像攀缘的凌霄花，

借你的高枝炫耀自己；

我如果爱你——

绝不学痴情的鸟儿,

为绿荫重复单调的歌曲;

…………

两本笔记本,都写满云妹自己创作的诗,但时至今日,30多年过去了,我竟记不得其中任何一句。她的诗句在我看来大多肤浅、幼稚,怀春的女生情感是最为丰富的,然而云妹的字里行间几乎满是女生那种独有的哀怨自叹,谈不上什么文学修养,只剩下"为赋新词强说愁"的生搬硬凑。唯一让我印象深刻的是云妹的字认真、工整,说不上娟秀,但还挺耐看。

那段时间,我十分纠结,如果云妹真让我对她的诗"指点一二",我该如何"指点"?

幸好,一个多礼拜后,我和云妹第二次见面,并呒没就诗展开话题。

在闵行影剧院二楼咖啡厅,我们面对面坐着。云妹接过我递给她的笔记本,一边听着我言不由衷的夸赞,一边随手将笔记本放入了她那只针织小挎包里。

咖啡是用罐装雀巢速溶咖啡冲泡的,里面加上了伴侣,用不锈钢小调羹轻轻搅拌,香气四溢。

那时还呒没现磨的咖啡，但雀巢那句"味道好极了"的广告词深入人心。闵行一带咖啡店三三两两冒出了头，呒没过多久，连荷溪老街上也开了一爿，老板刮皮（吝啬），为了节约成本，咖啡冲泡得寡淡而无味，但也吸引了附近一些青年人去。喝的不是咖啡，喝的是情调。

我和云妹沉默多于说话，两人都显得有些紧张，或者说矜持。

我说些大学里的生活，好玩的老师，好玩的同学。

云妹也说些电子厂的工作，那种计件制的紧张和劳累，日本管理者对待女工们的严苛，还有种种愚蠢行为。

两人说着说着，便不由自主地笑起来。

虽然说的话题其实并不算好笑。

云妹说，他们电子厂有个厂长助理，是个日本人，叫什么吉野的，将近40岁了还呒没结婚，后来被日本总部派到上海莘里的分厂做管理，一年后，竟然和品控部的一个来自奉贤肖塘的女员工好上了。两人结了婚，前不久还生了个女儿。吉野特别高兴，于是请厂里人帮他的女儿起个好听的名字。一大帮女工七嘴八舌，还真给他起了一个，吉野说起得太好了，于是兴冲冲回家告诉老婆，结果老婆一听火冒三丈，把吉野骂得狗血喷头。吉野委屈极了，想破脑袋都搞勿懂问题出在啥地方。

云妹边说边忍不住"咯咯"地笑。

"侬晓得那些女工给吉野女儿起了什么名字吗？"

我摇摇头。

"小边洋子，小边洋子……哈哈哈。"云妹乐不可支。

"小边洋子，小边洋子……"我默念了几句，才反应过来。孬是一句骂人的话，低俗粗糙，上不了台面。吉野老婆是上海当地的，自然明白其意，怪不得要光火了。

哎哟，迭些女工真的太促狭了，"良心大大的坏"。

云妹说："也不能怪那些个起名字的女工，吉野老婆是品控部的，平时爱拿着鸡毛当令箭，对女员工的产品质量管得太严厉，动不动扣罚。大家都恨杀伊了，迭次好勿容易逮到个机会，也算是发泄一下。"

"三个女人一台戏，我们厂里有 1000 多个女人，侬想想会有多少闹猛。"云妹说。

"不过我勿喜欢，真心勿喜欢。"云妹又说，"要不是为了迭点工资，我一刻都勿想待下去。"云妹激动地讲着厂里向的事体，讲她的同事是如何庸俗、粗糙、无知，言语间都是男男女女的事，为了一点利益，还要互相在主管面前打小报告。"太无聊了，我觉得我的青春勿应该是搿副样子的。"

云妹一脸的哀怨和惆怅。

话题有点严肃，我一时勿晓得该哪能接口。

我不得不承认，我对云妹的认知一直处于某种朦胧状态。有时，她滔滔不绝，热情似火；有时又是心事重重，忧郁寡言。她的诗尽管写得勿哪能，但我发现，她的状态或气质，倒是具备诗人的特征，不明所以地深沉。

云妹坦言自己写不好诗，但不妨碍她喜欢诗。喜欢文学，并不等于一定要成为作家，她就是想写而已，把内心的那种翻腾的渴望宣泄出来。

她说她最近报读了夜大。"多学一点东西总归是好的。"她自言自语。我当然表示认同，我身边有好多呒没考出去的同学如今也在读业余中专和夜大，除了补一张文凭，对知识的渴望更是一种目标，毕竟他们都是在乡下头长大的，如今意识到了乡下头的视野显然太狭窄了。搿是好事体。

云妹去我家，看到我有那么多书，欣喜若狂，不停地问我，迭本可以借吗？那本也不错，想看……我尽管有些不舍，但还是慷慨地借给了她。

云妹打量着我家三间陈旧的平房，问我将来有啥打算。

我说还在读书呢，目前呒没办法考虑。

我家的平房深陷在四周一片楼房之中，寒碜布满了宅前后院，显得那么突兀。我哥在市区工作，结了婚又住在丈母娘家，我姐已出嫁了，我又在外地读大学，家里只剩下我妈一个人侍弄着庄稼，迭能的家庭穷困是难免的。

云妹若有所思。

暑假结束，我回到学校。其间和云妹偶尔通过几封信。

我还是说些大学的生活，拣一些趣事。有时在报刊上发表了文章，也寄给她看。

云妹也还是说些电子厂的工作，寄过几首诗给我看，还郑重地写道——"请你拜读。"

我无奈一笑，脸上臊红异常。于是认真回信，跟伊解释"拜读"的意思。

云妹呒没回信。

又是寒假。

刚回到家，毛弟便火急火燎地来找我。

他问我跟云妹哪能了。

我说就通过几封信，有啥哪能？侬希望哪能？

在毛弟面前，我语气一向很冲。

"倷真呒没轧朋友？更呒没发生点啥？"毛弟一脸严肃，口气奇怪。

我被伊弄得有些糊涂，说："侬和金家小妹不是希望我们能成对吗？又哪能了？"

"唉，唉。"毛弟摇着头，神情尴尬，犹豫了半晌，才跟我说起了关于云妹的事。

原来云妹跟一个台湾来上海投资的小老板好上了。那个小老板30多岁，做食品加工，他经常开着一辆日本蓝鸟小轿车出入于荷溪老街，去云妹借住的房间。金家小妹是在听了街坊邻居的闲言碎语后才注意到不对劲的。有次夜班回家，她恰巧看见云妹和那个台湾人在车里热烈亲吻，当时就愣住了。

后来，金家小妹把自己看到的听到的说给毛弟听，毛弟更是莫名其妙，因为云妹在单位里一直宣称，伊现在跟一个大学生谈恋爱，毛弟便想当然地认为是我。哪想到云妹"明修栈道，暗度陈仓"，弄出辫一出？

令毛弟和金家小妹更惊掉下巴的事还在后头。前不久，云妹和那个台湾小老板被人堵在了出租屋内，堵的人据说是小老板在上海市区的女朋友。于是一阵鸡飞狗跳，整条荷溪老街都沸腾了，看白戏看了半夜。

毛弟在我面前捶胸顿足。他说："兄弟，一听到辫事体，把我吓坏脱了，我原本想帮侬介绍一个女朋友，哪能想到是迭种结果，辫勿是把侬害了吗？勿是太对不起侬了吗？"

"云妹勿会是辫能的人吧？"我跟云妹虽然只是见过几次面，吃过几顿饭，写过几封信而已，但伊给我的感觉还是属于单纯的女生。

我不清楚辫里向有没有误会，但看到毛弟痛心疾首的样子，又觉得真相似乎无所谓了。迭种"丑闻"在乡下传播是很快的，估计彭家渡的人也晓得了。就算不是，三人成虎，啥人能解释清爽？心里不免为云妹难过。

在确认我和云妹之间真咒没啥故事发生后，毛弟彻底放下了心，开始满腔正义地批判云妹。

"云妹现在哪能样了？"我打断了毛弟的话。

　　"走了，从老街上搬走了。"毛弟说，"出了迭种事体，呒没面孔了，厂里也辞职了。"

　　一阵沉默。

要做"城里人"

　　趁着国庆放假，我从合肥的大学逃回上海。

　　从新客站乘公交车到徐家汇的肇嘉浜路，徐闵线候车室内一如既往人满为患，队伍都排到了外头的天钥桥路口。

　　在候车队伍缓慢的移动中，我扭头朝后，不经意间看到了一张熟悉的面孔——我的初中女同学米唐，她在我五六个身位后。

　　米唐正同身边一个戴着金丝边眼镜，长相斯文的男青年亲昵地交谈着。仿佛心有灵犀，米唐一抬眼也看到了我，稍愣过后便热烈地招手。

　　米唐拖着男青年的手打着招呼挤了上来。

　　"听人讲侬不是在外地上大学吗？"米唐问。

　　"国庆放假，家里正在翻造房子呢，回来看看。"我说，然后指指她身旁的那个男青年，"迭位？"

　　"哦，忘了介绍了。我男朋友，阿凯。"米唐道，又补了一句，"伊辣（在）电机厂上班。"口气中有种骄傲扑面而来。

我和阿凯笑笑点点头，算是打过了招呼，同时来了一句："侬不是我伲荷溪镇上的吧？"

我之所以这么问，是看阿凯的打扮、气质有种城里人的味道，他听着我和米唐说话，并不插嘴，神情有点淡漠、清傲。再听米唐说他是在电机厂上班的，心中了然。荷溪镇东面的闵行镇上，有电机厂、锅炉厂、汽轮机厂、重型机器厂等国有大型企业，号称"四大金刚"，光一个厂的工人，就要翻彭家渡人口几个跟斗。荷溪镇一带人口加起来也呒没迭些厂的工人多。那里的青工仿佛一个模子倒出来的，自我感觉邪气好，总有高人一等的感觉。看到我们迭种乡下头出来的人，口头禅便是"阿乡"。

"勿是，南市的。"阿凯犹豫了一下又道，"毕业后留在厂里。"

一听瞎闲话我就明白了，"毕业后留厂"，那一定是厂技校出来的。那些大厂都有自己的技工学校，连明考上的电机中专，毕业后大部分学生也会分配到迭些大厂。

我笑笑，感觉自己莫名有了些底气。我虽是乡下人，但总算是个大学生了，当然比一个技校生稍微强点。说老实话，那时的格局真不大，尤其看到自己的女同学跟城里的小青年轧朋友，竟有种莫名其妙的抵触，当然迭种抵触跟吃醋无关。说白了，是种根深蒂固的自卑心理在作怪而已。

更何况，我是勿会吃米唐的醋的，虽然在初中时我们关系还算热络，常常白相在一起。米唐性格活泼、直爽，风风火火的一个人，勿像很多女生那样，扭扭捏捏，有的还会"装"，所以她在大部分男生中印象挺好的。

如果要说吃醋，那一定是阿华吃醋。

阿华和米唐从小就是同学了，他们两家一个宅上的挨得近，都在荷溪镇西面的同心村。阿华说，小辰光，碰到夏天酷日难当，伊拉两个人便会拖着凉席一起躺在弄堂里，享受穿堂风。我估计伊拉连撒尿和泥掰种事体都做过。

所以，在我们一帮同学眼中，伊拉是的的刮刮的青梅竹马。

初中毕业，米唐呒没考取任何学校，阿华考取了高中，后来又考取了鄂东某学院。当时阿华对我们讲，伊要讨就讨米唐一样的女生做娘子。

现在看来阿华的美梦破灭了，有城里人已经捷足先

186

登了。

我心里默默地为阿华叹了一口气。

难得回一趟老家，当然要跟庆弟、红伟、连明，还有毛弟、阿彭等耥帮子兄弟聚聚的。何况我家那时正在翻造新房，他们一有空便去帮忙，不会砌墙、粉刷、上梁，但搬砖、挑土，打打下手还是可以的。乡下头造房除了要叫上几个专业的木工、泥瓦工师傅，大多是乡里乡亲的走过来帮忙，用不着付钞票，都在人情中。

我跟庆弟他们聊起在徐闵线与米唐的偶遇，感叹一句中学毕业呒没多少辰光，都开始轧朋友了，而且还找了个城里向的人，有点看勿懂。

毛弟"喊"了一声，说："侬在外地读书，信息都勿灵光了，迭种事体有啥稀奇的。"

"是啊是啊，"庆弟附和道，"现在十八九岁的小姑娘相亲、轧朋友再正常不过，长得稍微趣一点的，就想嫁到城里向去。"

"耥是荷溪镇一带的传统了。"红伟指指阿彭说，"三妹子阿爸不就是城里人吗？"

一帮子人想想还真是耥回事体，阿彭的爸爸是重型厂铸钢车间的工人，入赘到彭家渡，伊拉娘是住家囡。

"四大金刚"老里八早在闵行镇上陆陆续续办起来时，厂里很多青工来自市区，工作了几年，都到了适婚年龄，找对象便成了头等大事。一部分内部消化，一部分则通过介绍，和附近乡下头的姑娘谈起了恋爱。孬些青工大多家里兄弟姐妹多，住房紧张是个突出矛盾。于是，和农家女成一个家，既解决了个人大事，更解决了住房难题。而对农家女来说，找一个拿着稳定工资的国企工人，旱涝保收，那绝对是梦寐以求的，于是那些男青工落户乡下头成了普遍现象。但女青工是勿会嫁到乡下头的。本来大厂里僧多粥少，被人追都来不及呢，哪怕长得不趣，但身价上似乎比任何乡下姑娘略高一筹。长得好看又哪能？又勿能当饭吃。

荷溪镇属于近水楼台先得月，附近几个村有不少姑娘嫁给了大厂里的青工，但无一例外是住家囡。本来孬种婚姻目的性很强，就是为了解决住房问题，所以哪能可能会真正搬到城里去呢？

我们宅上琴妹家也是这样的。琴妹的爸爸是城里人，祖上老底子浙江宁波人，所以"阿拉"讲得特别清脆。

他在上重厂木工车间做模具，入赘了女方家。虽是木工，但长得清秀，手也巧，休息天还会做些桌椅什么的。有时会跟村里的人穿上皮水靠一起到黄浦江里捉鱼摸蟹，改善下家里的生活。尽管在我看来，伊拉屋里向当时的条件已够好的了。

所以讲，荷溪镇老早以前就以婚姻的形式开始了城乡交流，二三十年后影响了下一代。

毛弟的二阿姐便是个典型。

二阿姐比我们大好几岁，人样子好看，又懂得打扮，她是我们宅上最早把头发烫成大波浪的，经常是蝙蝠衫、喇叭裤，不讲话时，总被人误以为是城里的姑娘。屋里向和三阿姐睡的小房间贴满了明星海报，有刘晓庆、陈冲、张瑜、龚雪等，港台的更多，米雪、林青霞、钟楚红、翁美玲、赵雅芝等等。

二阿姐手巧，喜欢结花钩针编结，为县里针织厂加工毛线衫、帽子，赚回来的钞票大多去买了明星海报和年历，当然还有衣着打扮。那些粉啊膏啊都被伊锁在一个小抽屉里，不让三阿姐涂，讲伊涂了也浪费。把三阿姐气哭了好几趟。等三阿姐工作，进了"外国人"的厂后，工资除了大部分上交父母，还偷偷存了一部分，买粉买膏，也不给二阿姐用。

毛弟的大阿姐云娟找了工农兵大学生阿平结婚后，二阿姐蛮眼红的，想着大阿姐跟着姐夫阿平吃起了商品粮，自己哪能办？有榜样在前，二阿姐当然勿甘心屈就嫁个种田的，做一辈子乡下女人。她自有心计，焦虑地等待，用心地寻觅，就是吭没碰到合适的，一拖就拖到了二十五六岁。在我们彭家渡，女孩子到了辩种年纪，便是"老姑娘"了。

毛弟爷娘急啊，可有啥办法呢，啥人叫自己的女儿心气高。毛弟的老头子气急败坏地说："早晓得选副样子，还不如当初让换糖人阿陆讨了去，也好省点心。"

天遂人愿，深知二阿姐心事的远房亲眷帮伊把红绳牵进了"城门"。男方系国有建筑公司的正式工，顶替退休的父亲进的单位，文化程度不高，看卖相不算是精明的人，甚至过分老实了。第一次上门时，我还遇到过，在我看来，他绝非二阿姐理想中的男人。但拖到即将尴尬的年纪，二阿姐早把对对象的要求降低了不少，何况对方有一点让二阿姐更心动——对象有"插队史"，迭能的话，将来养了小图转户口也就有了足够的理由。

我实际上一直搞勿懂，当初政策规定，小囡的户口要随女方的。女方是农业户，养的小囡也只能农业户。辣有啥道理呢？

接下来一切便顺理成章了。二阿姐和对方"一见钟情"后便神速地成婚。建筑工人就成了毛弟的二姐夫。

毛弟的两个姐夫都是吃公家饭的，大姐夫阿平是医药科研单位的技术员，二姐夫虽然是在建筑企业，但人家也是国家正式单位。在那个讲究户口、编制的年代，辣是村里人羡慕不已的条件。所以毛弟的爷娘感觉面孔上都有了光彩。

毛弟倒是呒没觉得有啥好。伊看不起伊二姐夫，说农活不会做，在屋里向还摆臭架子，对二阿姐指东指西，自己就算油瓶倒了也不扶。看似老实，实则是个懒料坯。

阿彭说：二阿姐现在一吵相骂就回娘家；一回娘家，宅上的人就晓得了，小夫妻俩又吵相骂了。

毛弟叹了气，道："唉，最近两个人还在闹离婚，伲阿爸勿同意，说，离了婚就勿要回娘家，娘家呒没房子蹲。"

毛弟早两年前就翻造了两层楼房，上下共有六间，蛮有气派的。毛弟讲过，再过一二年，还要装修，他就可以讨娘子进门了。一般情况下，新娘子当然不希望自己离了婚的姑娘再住回娘家。

毛弟正在同荷溪老街上的金家小妹热火朝天地轧朋友，勿晓得人家哪能想的。

等我读了几年大学回到老家，才真正发现，在荷溪镇通过婚姻形式要做城里人的姑娘的确竟大有人在，而且莫名其妙成了一股热潮。但是，现实生活是严峻的，决不会自然而然变得那么理想。城乡地域的差异、户口管辖的约束、经济状况的距离、传统观念的影响等等，诸方面的因素，毕竟还存在着，以至于一些城乡联姻"看上去很美"，实际上有苦难言，其间酸楚只有当事人心里晓得。不过就算迭能，还有很多乡下的女生前赴后继，争做城里人。不要说镇上、村里，就光我们小学、中学的同学中，就有好几个女生嫁给了城里人，但若干年后陆续离婚的不少。

于是，我和庆弟、红伟等一帮子兄弟都表示无奈。或许在我们看来，迭种现象"伤害性不大，侮辱性极强"。不是说女生们嫁到城里，我们辫帮子人就讨不到娘子了，而是女生们对我们的迭种态度。心想，我们也不差到哪里去呀，为啥就看不起呢？城里的生活就介吸引人吗？

碰到迭种问题，我们还是很幼稚的。

十多年后，形势突变，荷溪镇上竟讨回来了不少外来媳妇，近的江浙，远的云贵川，还有甘肃，她们都是到上海来打工的，然后有人就留了下来。于是乡下头开始讲起了半生不熟的普通话，夹杂着各地的方言。

二十多年后，"三妹子"阿彭的女儿嫁了一个重庆山里的小伙子，他俩是一个大学的同学，后来男生留在了上海工作。迭种情况，男的被称"凤凰男"。

阿彭老婆莲子一开始坚决不同意，困在屋里向床上三天三夜不起来，还表示要绝食。阿彭虽然心里也不愿意，但看到女儿头颈硬（硬不服气），只好回过头来劝莲子，还搬出老街上小木匠和老董家女儿阿颖"私奔"的陈年往事。说如果弄僵了，最后女儿也跟重庆人跑了，那真是鸡飞蛋打勿合算了。

莲子想想有点道理，自己的女儿自己晓得，脾气硬，真要勿退一步，最后来个生米煮成熟饭，做娘的又哪能办？只好嘴里骂着吭没良心的，头还是低了下来。

夫妻俩用老家动拆迁的一部分赔款在莘庄给小夫妻

俩买了一套房，自己则住到了昆阳路的小户式。

　　婚礼是在闵行饭店举办的。阿彭到我们一桌来敬酒，伊悄悄问我："听说讲男的女的出生地离得远，生的小囡聪明？"

第四章 嬗变

小镇喧嚣

周黑皮被捉了。

讲出去有点坍招势：犟赤佬带了个小姑娘，在开发区一个工地边的小路上搞七念三，结果被巡逻路过的联防队员"活捎"。

当然，犟种事情一定是在晚上，月黑风高时。

毛弟晓得后第一辰光讲给我听，兴奋得连鼻头上刚发出的痘痘都透着幸灾乐祸。

他一直是看周黑皮不入眼的，两人甚至还有些矛盾。

毛弟开了爿领带厂，之前同荷溪镇上的西服厂有合作关系，搭对方的业务渠道销售领带。西服厂是集体投资的企业，年前的时候换了周黑皮来当厂长，哴没想到一个月后就同毛弟的领带厂中止了合作。

毛弟带了两条万宝路去碰头周黑皮，结果周黑皮油盐不进，冠冕堂皇地说要调整经营路线，所以哴没办法同毛弟的领带厂合作了。

把毛弟气得恨不得请伊吃几记耳光。

周黑皮其实同我和毛弟都是荷溪镇的人，虽然陌生，但好歹是乡里乡亲，抬头不见低头见，总归有事好商量。啥人晓得伊一副死腔，态度坚决就是不给毛弟面子。不仅毛弟要光火，在我看来，也的确说不过去。

认得周黑皮的人都晓得伊有点贪，吃性大（胃口大），还有个绰号叫周塌皮。阿彭分析是毛弟送他的东西太轻巧了，两条万宝路就想打发人家，当伊是叫花子啊？

毛弟讲，迭种人一开始就养得胃口太大，我迭爿小厂还有啥利润？不送，坚决不送，不能助长迭种歪风邪气。毛弟说辩番闲话时表现得大义凛然。

平常和我们一起白相的文涛摇着头说，碰到戆大勿要对着上，一定要顺牢伊，捧牢伊，把伊捧成一只大戆大，辩机会勿是来了吗？

周黑皮当然不是真名，只因他长得黑，人家就叫顺口了。

周黑皮不光皮肤黑，人样子也是长得勿哪能，矮矮短短的，脖子几乎没在了一堆肥肉中。但他能说会道，而且在领导面前马屁拍得乒乒响，所以总有人欣赏他。

多年前他还曾是县属皮革制品厂的副厂长，做皮包和手套什么的。后来，周黑皮管不牢下半身，同厂里的几个女职工搞不清爽，被人告了，弄到劳改农场关了两年，公职也丢了。

出来后乡里有人帮忙，让周黑皮做了个村办企业西服厂厂长。

啥人都朆没想到，两年苦头都改不了辩家伙的色胆包天，手里有了点小铜钿，又开始花拆拆（与异性调情）了。

辩天，周黑皮同厂里销售科的一帮子人在荷溪老街阿二头的小饭店吃老酒。酒足饭饱后，有人留下来"搓麻将"，周黑皮则跑到隔壁头玲花的美发店，伊老早就瞄好了那里的一个小姑娘，于是开着车带着人家出来了。周黑皮实在是抠门，用我们的方言叫小家败气，经过开发区时，径直开进了一条漆黑的小路，就在车上同小姑娘来事体了。也是活该伊倒霉，被人发现，就辩样不光彩地进了老派（派出所）里。

总算还好，关了一夜笼子后周黑皮被人保了出来。虽说朆没被拘留，但还是罚了款，况且事体传出来总是不好听，何况他还有前科。

不过，迭种事体在荷溪镇用不了几天就烟消云散了。

1990 年代的荷溪镇繁荣昌盛。

通往闵行城区的马路上，各类小车飞驰，形形色色的人物夹着皮包来来往往。他们顶着厂长、总经理的头衔，不管企业规模大小如何，从事啥行当，人们一律称迭些人为"老板"。

迭些老板们手中的香烟早就从牡丹、凤凰换成了红塔山、云烟、红双喜，再高档一点就是红中华，甚至熊猫；抽外烟的也不少，良友、万宝路，还有骆驼。腰间别着摩托罗拉 BP 机，一开始是数字的，呒没过多久汉显中文的也出来了，4000 元一台，几乎是一个普通工人三年的工资。接着就是手机，也就是人们口中的大哥大。

孬些都是老板们的标配。置办不起孬套行当，是呒没资格被称为"老板"的。

老板们除了忙生意，谈业务，更多的是出入于各类饭店酒家，还有悄然冒头的 KTV、夜总会和浴场。浴场后来有了好听的名字，叫水疗。当然，去孬些场所还是为谈业务忙生意。

那时，联络感情最好的方式是，我把你灌醉，我让你唱个不眠不休，我让你把皮都洗得脱一层，然后让女技师温柔又刺激地按遍全身。

虽称老板，但其经营的企业大多是乡镇企业，有的是村办企业，属于集体资产。就像我大学毕业不久进的集团公司，其实是村办的。但千万不能小看，后来很多类似的企业冒头了，成了民企的标杆。曾经的生产队长、村干部，上了胡润富豪榜的都有。在荷溪，我都能举出几个。

私企老板有，但冒头的不多。那时号召走共同富裕道路。当然，私企老板也比不得乡镇企业的老板来得阔气，甚至说嚣张，毕竟花的是自己的钱，创业不易。胆大的才敢一掷千金，有大的投入才有大的回报。

人们八仙过海，各显神通。撑死胆大的，饿死胆小的。怕了，侬就输了。

于是，在我们荷溪、乡里、县上出了很多很多的老板。

有人说，在北京王府井一带，往人群中扔一块砖能砸到几个司局级干部，在我们荡里扔一块砖头就能敲开几个老板的头。

大老板走的是大场面，吃顿饭都要跑到黄河路、乍浦路，近一点的则跑到虹桥机场附近的沪青平公路，那里新开办了一个十分阔气的海鲜城，每到夜晚，车水马龙，霓虹闪烁，奢靡铺陈。

像周黑皮，去荷溪老街阿二头的小饭店吃饭，属于档次实在是低的，还去玲花的美发店找小姑娘白相，更是勿要面孔。当然，荷溪镇周边地区，甚至城区，几乎呒没高档的娱乐场所。要去，就去上海。那里的夜场才是有铜钿人白相的地方。

当时，上海名气最响的歌厅叫"不夜城"，坐落于静安寺的云峰剧场辩里，号称上海最闹猛的夜场，凡在圈子里出名的歌手几乎都在那里唱过歌，其中包括罗中旭、黄绮珊等。

毛弟炒股票，跟在闵行滩几个大户屁股后头白相过，回来后便念念不忘。每次跟我们碰面，扯着扯着就会扯到不夜城。

毛弟讲，到不夜城消费的人都是做生意的老板，做建材、五金的，还有做水产批发的，也有炒股票的。大哥大一拎，整个世界都是他最潇洒最有腔调了。

"钞票真是勿当钞票用啊，一只花篮 100 元，就送上去了。"毛弟说。很多老板都有自己喜欢的歌手，于是去捧。屁股后头的裤袋里装着厚厚的一刀现金，抽出来不皱眉头。毛弟有一次也充了大头，给台上穿着亮闪闪珍珠片的女歌手送了只花篮。那女歌手一边嗲兮兮地扭着身姿，一边抛着媚眼。毛弟一时恍惚，老觉得那媚眼就是抛给他的，于是毫不肉痛地掏出钞票露了一把脸。伊自我吭没感觉到，在迭帮子大户面前，伊就是穷人，袋袋里几张分就像太平洋里涮拖布杆子，送只花篮根本吭没腔势。

毛弟还讲，坐在沙发案软的靠背上，几杯老酒下肚，歌声款款佳人在侧，人都吭没方向了，还会生出一种千金散尽还复来的豪气。

每每说到不夜城，毛弟最后总会吐槽荷溪镇的落乡，闵行城的土气。

毛弟去了几趟上海，自以为开了眼，便看不起荷溪镇了。我和红伟他们批评伊"忘本"。

荷溪老街曾经是我们的乐园啊。斑驳的墙缝里嵌入了一代代人的记忆，更有我懵懂童年和青涩少年，撒下一路的欢歌笑语。老街繁华而不喧闹，独守一处古朴和清幽，好多年吭没变化。直到我大学毕业回来后，才发现原来的点心店、洋布店都变成了饭店，有了落弹房、游戏机房，后来连桌牌室也开了起来。窄窄的街面上开始多了面孔陌生、操着各地方言的外来者。小镇变了，原有的清净在躁动中渐行渐远。

荷溪镇附近当时最好的卡拉OK厅，是开发区里的紫藤商厦三楼，天天满场。在烧过了"冬天里的一把火"后，就开始沉浸于爱恨情仇，撕心裂肺地唱着《梦醒时分》《涛声依旧》，或者什么《爱上一个不回家的人》《爱如潮水》等等。

荷溪镇的乡镇企业像春天里我家的竹林，一支支鲜嫩的笋争先恐后地顶出了泥土，呈现一片欣欣向荣的景象。

小镇闹猛，小镇喧嚣。

天上掉馅饼的事有没有？

事物不是太绝对的。对很多人来说，可能就是白日做梦，但在毛弟身上，的确发生了，差点呒没把伊砸晕。

1992年"股票认购证"出现。毛弟去银行存钱，被银行柜台上办理手续的那个漂亮的小姑娘一顿忽悠，用手中的3000元全部买了认购证，30元一张，共计100张。

买完后毛弟就后悔，整整3000元呢，要推销掉多少领带才能赚得？如今换来一沓纸，到底有啥用呢？

他觉得自己是个革命意志不坚定的人，是被银行里的小姑娘三噱两噱（逗引）给俘虏了。那小姑娘我见过，后来我做企业开户也是在她那里办理的。她有着一双晶亮的眸子，细致乌黑的长发，一颦一笑楚楚动人。尤其是胸脯鼓鼓囊囊，紧绷绷的，似乎有种要挣脱纽扣束缚的冲动。她对毛弟说自己有认购证销售指标，完不成要扣钞票。莺声燕语，透着点点无奈，毛弟一听就心软了，心一软就豪气万丈地说"全包了"。结果一出银行的门便心疼，直想扇自己几记大头耳光。于是，某一天伊吃饱老酒总结道：少女勾心，少妇勾魂，最终勾的都是钞票。觉悟一下子提高了不少。

吭没想到的是，孵 30 元一张的认购证最后竟然升值了 160 倍，每张获利 5000 元以上。毛弟一下子阔了起来。

毛弟把一部分认购证转让给人，然后用孵笔钞票再去购买了他认为有升值空间的几只股票。

等全上海的人发现股票竟是一条如此辉煌的财路，蜂拥而上时，毛弟已经腰别中文 BP 机，手持大哥大。他手里夹着一只真皮包，嘴里抽着软壳中华，派头十足地坐进了证券公司的大户室。

他关脱了自己苦心经营了几年的领带厂，弄来了一辆皇冠进口二手车，出门都要按几下喇叭，人前人后一副神抖抖的样子。

红伟讲毛弟是"小人得志"。我们一有机会就让伊请客，美其名曰"吃大户用大户"，最后消灭"大户"。毛弟不屑，反问，即便俩消灭了大户，自己能成为大户吗？辩种灵魂拷问，让我们无力反驳。

其实当初毛弟是想拖我下水的，说让给我几张认购证，买上几只股票，是有机会成为"大户"的。但我坚决抵制诱惑，对于辩种投机行为表示鄙视。毛弟骂我"戆棺材"，辩叫"投资"，不是"投机"，懂哦。

我对做实体感兴趣。于是，我利用自己给集团公司大老板老吴做秘书的优势，争取到了一笔资金，在华坪路上创办起一家电脑印务公司，一口气买了10台286电脑，还有复印机、进口的滨田名片印刷机，开始了我在商界的闯荡。

选对路，生意真的好做。90年代初，印1盒名片要40到60元，成本才5元一盒，真是暴利。但来印名片的人都是各类的厂长、总经理，还有销售员，他们才不在乎辩点小钞票，要的是派头。那时胶印名片刚刚兴起，电脑排版，字体也多样化，美观大方，比铅印名片好看多了，拿出去身价倍增。还真不是吹，我们当时在闵行地区做到了一枝独秀。一年光印名片就达到了 5000 盒的量，毛利润在 10 万元以上。那时候，一个普通员工的月工资在 100 元左右。

我当然不满足辦些蝇头小利，继续开拓文化用品的延伸业务，甚至开车到义乌小商品市场进了各类文具礼品。一支派克水笔，进价 8 元，拿到上海，卖到 58 元，供不应求。上海那些国营大商场的定价是 68 元。装着朗声打火机的文具礼品，一套进价不到 200 元，可以卖到 500 元。人家还抢着要。

有段辰光，我还托关系搞来了 200 台数字 BP 机售卖，不是摩托罗拉的，是韩国生产的那种微型机，2400 元一台，结果短短一个月就销售一空，大都是那些老板送给女生用的。中间差价 400 元，也算小赚一笔。

当然，我和毛弟不同，他赚的都是自己的，我赚的都是公家的，效益再好，最多是年终大老板多发我点奖金。

90 年代初期，商界风云人物是做万向节的浙江小镇企业家鲁冠球，要求员工不能在车间大小便、培养了海尔兄弟的张瑞敏，在珠海造第一高楼的巨人集团史玉柱……那时潘石屹、冯仑则在海南的热土上播种着希望的种子。至于后来的互联网大佬马先生，拉了一帮人在西子湖畔做翻译社，和老婆一起编撰推销《中国黄页》。

一个春风浩荡的时代，一个激情满怀的时代，遍布机遇，考验着人的智慧、勇气，还有人性。

毛弟的二阿姐拖着阿彭的妹妹六春在闵行饭店旁边的百步商场开了爿时装店，兼售各类小饰品。两个人去七浦路进货，看到赚头不大，于是又跑到广州去批发服装。第一次去时还到白天鹅宾馆吃了早茶。

玲花心思也活络了，荷溪老街上的美发店生意不死不活，再讲一条街就介大，客人来来去去，常被熟人撞见，虽然做的只是擦边球的事体，但有太多的不方便。尤其周黑皮的事体出了后，派出所已多次提出了警告，于是玲花干脆去问一些老板借了点钞票，在城区里的一个地下室开了间卡拉 OK 厅。一个大厅，五六间包厢，又招了十多个外地的小姑娘来陪唱、陪酒，倒是吸引了周黑皮一类的人。

毛弟带我去过玲花的卡拉 OK 厅，我一开始兴趣还蛮高，新鲜、刺激，但后来发现玲花卖假洋酒，吃了头痛。

那些服务小姐素质都勿哪能，就会瞎污搞，就不再去了。我劝毛弟也少去，赤佬有点钞票忘乎所以，哪能听得进去，心甘情愿被"勾心""勾魂"。

毛弟开领带厂，二阿姐开时装店，玲花开卡拉 OK 厅，包括像我开爿电脑印务公司，都属于小打小闹，用现在的目光看起来就是"小儿科"，总归不成气候。真正派头大的是乡里的。

乡里大手笔，搞了个农工贸集团，一口气投资了铜材厂、纸箱厂、化妆品厂等七八家企业，甚至还向房地产业进军。一个厂就是几千万元的投资，眼睛眨都不眨。乡里乡长、党委副书记、副乡长，甚至于相关科室的领导都兼了各个企业的董事长、总经理或厂长。

乡里领导魄性大，他们的想法是要么勿做，要做就要做大做强。实际上乡里原本呒没啥积累，钞票大多数是问银行贷款的。有乡里做背书，银行也乐意借，反正都是国家的，肉烂在锅里，不怕。乡里财政所 × 所长，为了多搞来些贷款，请银行里的人吃老酒。人家讲一杯酒 100 万元，× 所长二话呒没说，一两的酒杯连干十杯。吓得银行里的人连连求饶。从此 × 所长号称"× 十杯"。

一个全民经商的年代，让人深陷其间无法自拔。

越亢奋，便越狂热；越狂热，便越亢奋。

我至今还在感叹，辣是个什么样的时代啊，我们眼里还呒没"诗与远方"，心中沸腾的是满天的机遇遍地的黄金。

毛弟泼过来一盆凉水："有啥感叹的，最终我们还是一无所有，呒没把握时代给予的红利。"

"曾经有一场泼天的富贵摆在我面前，我呒没珍惜，等我失去的时候我才后悔莫及，人世间最痛苦的事莫过于此。"毛弟的语气中满是怨尤。末了，又自我安慰道："命里有时终须有，命里无时莫强求，想想股市上，情绪大过逻辑，激情大过理性，大家只能凑合着白相相了。"

毛弟做股票水平搭僵，但在起起伏伏的曲线毒打之下，理论水平倒是提高了不少。我无力反驳，一下泄了气，像只煨灶猫一样，不响。

传奇老吴

那天，老吴心情很好。不是一般地好，是"交关"地好。

伊刚刚花了 400 多万元，成功收购了一家生产电视机的市属工厂。

上海主流媒体纷纷报道老吴"小鱼吃大鱼"的壮举。

我陪着老吴从厂里出来，一同坐上了他的奥迪专车，看到伊嘴角都扬着笑，眉毛在兴奋地跳动着。

于是我说："吴总，您也给我一个厂吧，到时还您一片新天地。"话虽半开玩笑半认真，但想法是蓄谋已久的。

老吴愣了一下，神情旋即变得严肃。

我有点怕丝丝，怕老吴责怪我唐突，勿晓得天高地厚，只好讪讪一笑："开玩笑的，我还想在您身边锻炼几年。"掰话越描越黑，脸不由得发烫。

"男人讲出的话不要缩，"老吴摇摇头，皱了皱眉说，"一个礼拜里把你的创业计划写给我。"而后闭目不响。

1992年国庆前，我大学毕业两年多点。作为老吴的秘书，在给他拎了一段辰光的包后，摇身一变，成了一家电脑印务公司的老总。

老吴从集团里给我划拨了50万元资金，规定三年后要归还。

事实上最后到账的只有27万元，而我三年上交了50万元。超额完成指标，还给老吴一片新天地。

我的工资是老吴定的，当秘书时每月300多元，比一般的同龄人要高得多。庆弟和我同一年大学毕业，分配在国营大厂里，才拿120多元。我当了印务公司老总后，老吴把我的工资一下子涨到了800元，年终根据效益还有奖金。

因为头两年干得不错，到1994年时，老吴还给我配了辆全新的桑塔纳。集团呒没掏钱，是企业自己的。但有没有资格坐，必须老吴点头。

那时我们集团规模大一点的企业厂长或总经理配奥迪，规模中等的坐桑塔纳，小型的呒没资格，要用车得向集团车队申请。所以我能坐上桑塔纳，在老吴眼里，我�家企业具有了中等规模——虽然只有50多名员工。

才二十四五岁的我，成为老吴大胆起用年轻人的典型。镇里、区里他不屑的荣誉，很多扔给了我。

那时的老吴风光无两，他是市里、县（区）里响当当的改革能人，带领群众共同致富的榜样，连续三届的市劳模。还受到党和国家领导人的接见。

上海滩各大新闻媒体中几乎有点名气的记者都来采访老吴。有作家还专门给他写了部长篇报告文学，笔下生花，老吴的形象越发高大起来。

老吴的大名叫吴权民。但鲜有人直呼其名，一般称他"吴总""吴书记"，更多的称他为"老板"，只有乡里乡亲的人毫不客气地叫伊"阿权"。

我和老吴是本家，又住在同一个宅上，如果以年龄的差距，从礼节上来说，称他为"爷叔"比较妥当。但我哥认为，虽然非沾亲带故，但以辈分而论，应该是兄长。我不敢放肆，公众场合还是称老吴为"吴总"，私下叫伊"爷叔"。并对我哥说，各论各的比较好，不用纠结你会矮一辈。

如今在文章中称其"老吴"，并呒没大不敬之意，总不能称"吴老"吧？那反倒是太刻意，或矫情了。

我一直认为我这个读新闻专业的文科生当年做企业，纯粹是"无知者无畏"，多年来呒没把企业做亏，也不是自己有多大的本事，只是赶上了一个好时代，还有朋友的帮衬。

真正有魄力的还属老吴。

老吴是集团公司的老总，但他的另一个身份却是彭家渡党支部书记。严格地说，我们迭个集团公司是集体资产，乡镇企业。八九十年代时期，在上海郊县，辦是个很普遍的现象：冲破单一农业经济，走农、工、副三业全面发展道路，成为浩浩荡荡，不可逆转的潮流。

老吴走在了辦股潮流的前列。

短短十年辰光，他把一个彭家渡都变成了工厂，集团下属有 38 家企业，每个适龄村民都是企业的工人。伊讲辦叫着"全工全农"。

集团像模像样设了很多部门，其中有总经理办公室。我原本想大学毕业后到报社做个记者的，但在老吴的精神感召下，回到老家，准备报效父老乡亲。于是老吴二话不说便把我扔在那里，当伊秘书。

他让我给他印名片，名片上要把38家企业都印上去，实在排不下，我只好把名片设计成了折叠式的。

集团下属有冰箱厂、皮鞋厂、食品机械厂、金属制品厂、冷库厂、电工厂等企业，还有副食品公司、饭店等三产项目，经营范围庞杂繁多，反正只要老吴认为能挣钱的，他都敢投。伊讲："鸡蛋不要放在一只篮子里，那会容易碎。"还讲，"蛋多了，总有那么几只能孵出小鸡的，东方不亮西方亮嘛！"我勿晓得伊为啥总喜欢拿蛋做比喻。

老吴总是觉得我虽然出去读了几年书，但眼界还不够宽，思路不够活，于是每晚便会把我叫到他家，也有其他企业的负责人，听他畅谈宏伟目标。每一次把我听得热血沸腾，想象着我们的集团不久的将来会挺进世界500强。

后来老吴调整了习惯，把谈话的地点换到了开发区内的宾馆，每天早上6点让我和一些人到那里报到，雷打不动。他说辰光头脑是最清醒的，容易碰撞出火花。伊哪能晓得我是听着闹铃强迫起床的，踩着点到，我去的动力仅仅是因为可以在宾馆蹭吃自助早餐。

碰到老吴出差、开会，我就用不着点卯了，犹如大赦。现在想想，我真的深以为耻，就因为当初目光短浅，我的生意一直呒没做大。

老吴在部队上当了四年兵，做过卫生员和连队文书，退伍后不久便当上了大队干部。1982年,他成为大队（当时还呒没改为村）党支部书记，一直干到2010年。

那时彭家渡在整个公社（乡）是数一数二的穷地方，外债也到了虱多不痒的地步。老吴大手一挥，豪气万丈地表示要挖掉穷根，走致富之路。

他借了和彭家渡一路之隔的上海重型机器厂的大礼堂，开社员大会。全村村民都去了，几乎把大礼堂挤爆。

老吴在台上对着话筒慷慨陈词，描绘着他的宏伟蓝图，足足讲了三个多小时。

多年以后，人们已基本记不得当时老吴讲了啥，只记得两句话——

"我们彭家渡今后每一个人都是工人，每一个人又都是农民。"舒就是老吴的"全工全农"计划。

"未来几年，我们的日子应该是这样的，人参当萝卜干吃，猪肉当咸菜吃！"

⋯⋯⋯⋯

人们都觉得老吴在吹牛，把黄浦江的水都吹上了岸，背地里都笑他"戆阿权""疯阿权"。

老吴却认为，"只有想不到的，呒没做不到的。"并将此奉为圭臬。他不管不顾，白天黑夜都想着办厂的事。就迭能，皮鞋厂办起来了，食品机械厂办起来了，西服厂办起来了……一个个小工厂如老母鸡下蛋似的在彭家渡冒了出来。

老吴还要求各生产队将耕牛全部处理掉，说什么"要想富，先杀牛"。伊勿想留后路，搞不好厂再去刨地。

公社来了人，严厉批评他瞎种不务正业的行为，勒令他写出深刻的书面检讨。

老吴会"装"，白天到公社检讨，晚上找人商量，寻思新的致富门路。

终于有次，公社干部把他从正在盖瓦的厂房顶上给弄了下来，并下最后通牒，再迭能蛮干就要撤伊职，教伊彻底"靠边站"。

老吴痛心疾首地表示坚决服从公社领导的指示，待他们走后依旧我行我素。

还有一次，他和皮鞋厂的供销员背着几十双刚生产出来的新款皮鞋跑到闵行老街去摆摊头，结果被工商局的人当作投机倒把分子给关了起来。

老吴后来也因被举报"行贿受贿"而被传讯，还有人以绑架他女儿威胁、勒索他。周围对他充满了争议，但老吴不以为意，甚至是不屑一顾。他觉得我脸皮薄、书生气重，于是便举出这些例子，然后又告诫道："做生意就要老面皮，龙门要跳，狗洞也能钻。"

老吴所向披靡，在90年代初成功将负债21万元的彭家渡变成年创产值超亿元的实业集团，成为整个县里近乎神话般的传说。

老吴花600万元，一口气买了18辆奥迪给有功之臣使用，尽显土豪气派。

老吴在退休前的10年里，又干了一桩颇具争议的事：他以保护黄浦江上游水源为名，在荷溪镇附近，紧靠黄浦江的地方，投资上亿资金建造了一座韩湘水文化博物园。为啥叫"韩湘"？因为有个传说，荐里是"八仙"之一韩湘子的老家。故事要靠编，迭能才有"卖点"和"亮点"。讲归讲，信与不信是另外一码事，就比方讲黄浦江还是春申君黄歇开凿的，所以叫"黄浦江"或"春申江"。牛皮拣大的吹，呒没人跟侬打官司。

水博园最大的亮点是，拥有上百株参天古树，20多座明清时代的石质古桥。为了访查收集心仪的古桥、古树，整整十年，老吴奔走在皖、赣、湘、鄂等地。他上山下河、风餐露宿，与村民们吃尽苦头，终于不惜工本，把一株株古树、一座座古桥，甚至贵州苗家的吊脚楼搬到了黄浦江畔的彭家渡。

老吴搞水博园时，我已经离开集团了，正在自主创业。老吴对我的辞职一度不爽，甚至视之为我对他的背叛。我当然晓得老吴是有恩于我的，内心呒没半点的不敬。我离开完全是个人原因，总想试试自己脱离了他还剩几斤几两。我那时正好三十岁，三十而立，该哪能立？那时我想法很多，但我很清楚，前提是我得走出去。

老吴显然对我很失望，于是让人来查我的账。来的人举着老吴的尚方宝剑，对我摆出一副秉公办事的态度，辄使我相当反感，于是便不想同老吴有什么瓜葛，甚至有阵子他电话打来我都不接。

但老吴就是老吴，过了一年多后，他便托人让我去看他弄的水博园，而我那时早已放下了对他的埋怨，兴冲冲地赶去欣赏老吴的杰作。

水博园引来了一片热议之声和毁誉参半的评价。虽然因古树古桥堆积卖点十足，但被国内一些园林专家斥责为"文化赝品"，批评整个园林看不到一丝半缕的本土痕迹，那本应该在云贵、在客家、在巴蜀标示着当地风土的古桥旧石，大树老船，却千里迢迢客居在了黄浦江的滩头，只能无名无姓地沦为镜头里的背景；另一方面水博园耗资巨大，也拖累了集团公司的经济，到后期投入已难以为继。而每年收入，乐观估计也只有几百万元，但古树、石桥的维护都是雷打不动地注入。要收回上亿元的投资，可谓遥遥无期。

退休时，老吴的心情黯然，那时他的集团下属企业大多因各种原因关停或倒闭，剩下几家经济效益尚好的还在勉强经营。曾经在集团电器成套厂工作过的文涛讲："败就败在呒没拳头产品，大都是加工型企业，辰光长了被人一脚踢出去是必然的。"用现在的话讲，就是缺乏核心竞争力。

我原以为老吴会受聘担任村顾问之类的，抑或镇里念其劳苦功高，给他安排一个闲职。不料，他竟然去搞了什么"农家土菜馆"。既然开了饭店，我自然过去捧场。可说老实话，老吴的饭店环境还算过得去，菜品却一般，食客基本是他的故交旧友，如我一样，吃的不是菜，而是人情。虽然生意不温不火，但看老吴也不忧不急，照样每天乐哈哈地迎来送往，还经常给店里的服务员们上

"政治课"，灌输"梦想"，教伊拉唱周华健的《朋友》，说要让年轻一代学会"挫折"，懂得"坚持"，不怕失败……逢年过节，还自掏腰包，把原先村里退休的老人一一请来，摆上几大桌，吃团圆饭。

最终老吴的饭店还是关了，然后他又开起了茶楼，茶楼难以为继，老吴就租了一个办公室，以收藏字画为乐。

老吴就是迭能一个从来不甘寂寞的人。

后来，我带着酒和自己写的书去看老吴。老吴一如既往谈兴浓烈，时不时地回顾着创业时所经历的曲折过程。

我问老吴："爷叔，您当时为啥会放心让我迭个刚毕业的小鬼头做企业去的？"

老吴不假思索地回道："给你的又不是啥大钞票，你搞砸了不要紧，就当交了学费。"

"那我辞职，您一定很生气吧？"

"还好意思说，你是我一手培养的，我的面子往哪里搁？"

…………

忽然一阵恍惚，脑中闪过 40 年前的一个场景。

1984 年夏，我在家门口的场地上支着个小方桌吃晚饭，老吴从我面前走过。他看了我一眼，停下脚步问道："小鬼，你初中毕业了？"

"是！"我看着年轻的党支部书记，怯声答道。

"语文好吗？"老吴说，又补了一句，"作文写得哪能？"

"还可以。"为了证明所言非虚，我跑进屋，取来作文本递给老吴。

老吴翻看了几页，点点头说："写得挺好，字还过得去。"

我得意了，便答："我想成为个作家的。"

"作家？不错。"老吴认真地看了我一眼，随即呵呵一笑，"彭家渡还呒没出过迭能的人呢。"

他背着手走了，一副踌躇满志的样子。

大哥大

毛弟急匋匋地跑到我单位，问我能不能借到一部大哥大，伊要派用场。

我问伊借大哥大做啥用。

"有笔大生意要谈，拿来装装门面。"毛弟搓着手，难得不好意思起来。

毛弟箇家伙人挺好，对朋友上路（讲义气），但最大的毛病是喜欢掼派头、摆噱头（显摆），故而常会做出些打肿面孔充胖子的事体来。

大哥大是最初的手机的别称。20 世纪 90 年代初，刚面市时，官方称谓"手提移动电话"，等到连菜场里卖菜的阿姨爷叔都人手一机时，就叫手机了。

我们生于 60 年代末期的箇代人，几乎是看着港片长大的。深受《古惑仔》《英雄本色》之类的影响。而大哥大的称呼也来源于香港，一般是对帮会头目的谐语。

在香港一些警匪片中，黑社会中资格较老的成员大多被称为"大哥"，那些老板、大头目之类的则被称为"大哥大"。由于斯些"大哥大"常拿着像砖头一样笨重的手提移动电话出现在屏幕上，所以人们便把斯叫作"大哥大"。1988年，万梓良和前妻恬妞就曾主演过一部叫《大哥大》的电影。许多港星也曾拿着大哥大在电视里装酷，比如周润发等。而我印象最深的反倒是专演反派配角和小人物的"大傻"成奎安，他拿着大哥大，暴着金牙，一副嚣张的恶人形象，成为港片中的经典。后来警匪片不流行了，成奎安做起了好人，不再打打杀杀，而是向内地娱乐圈发展，可惜的是在 2009 年时，因鼻咽癌英年早逝。

大哥是牛气的人，那个时候凡是拿大哥大的更是牛气冲天的人。

当时的摩托罗拉模拟手提机，也就是那种砖头型能砸得死人的大哥大，一部就要 2 万元左右，入网费在 5000 元。它除了能打电话外咶没别的功能，而且通话质量不够清晰稳定，常常要喊。一块大电池充电后，只能维持 30 分钟通话。虽然如此，大哥大还是非常紧俏，有钱难买。主要不是机子本身，而是入网难，咶没关系根本想也不用想。

毛弟现在是一爿领带厂的小老板，以他的实力还呒资格拥有一部大哥大。辪几年，毛弟要么是在"折腾"，要么就是在"折腾"的路上。在开发区的电子厂做了一段辰光的机修工后，毛弟觉得自己开了眼界，于是回到彭家渡，毛遂自荐到纽扣厂做销售员，跑各种服装厂、城隍庙附近小百货商户推销。他印了一沓名片，自封为销售副厂长，到处发放。

等我大学毕业回到老家时，毛弟心头又活络了，从纽扣厂辞职，自己开了一爿领带厂，雇了四五个会缝纫的妇女做领带。厂房就借在刚刚关脱的荷溪中学里向。

那时市面上开始流行西装领带，毛弟凭自己辪几年销售纽扣的经验，觉得小领带中蕴藏着大生意，于是借了一笔钞票开始了创业。在我的印象中，毛弟是我们彭家渡乃至荷溪镇中最早的个体户，修自行车、开理发店和烟纸店的不算。

毛弟向我解释，辪次伊经人介绍，认得了上海滩上做服饰批发的一个女老板，人家看中伊厂里生产的领带，约好过几天面谈，伊想弄部大哥大充充门面，来显示自己的实力。

"侬戆啊，侬看我连 BP 机都呒没的人，哪能有大哥大迭种高档货。"我既好气又好笑，冲着毛弟说。

毛弟嘻嘻一笑："我晓得侬呒没大哥大啊，但大老板有啊，平常不是交给侬保管的吗？"

原来毛弟是打的这个主意。

毛弟嘴里的"大老板"便是老吴。老吴是彭家渡的书记，也是村集团公司的老总，我大学毕业呒没多久便到他身边做了秘书。

老吴是上海滩最早拥有大哥大的一批人之一。他为人比较随和，不喜欢摆架子，嫌拿着一斤多重的"黑砖"重，于是外出提包，拿大哥大的任务就落在了我头上。我晓得自己的身份啊，就算拿着大哥大也趾高气扬不起来。秘书嘛，跟在老大屁股后面，也呒没啥可嗰瑟的。

那个年代全民皆商，有背景的倒钢材倒塑料粒子，还有人甚至倒批文。有腔势的人，大都西装笔挺，牛哄哄，甚至有种要把喜马拉雅山脉炸开，改变大陆气候生态环境的豪气。他们身上的标配就是手里一部沉甸甸的大哥大，一部比烟盒略小的摩托罗拉中文汉显机，腋下夹着一只勿晓得是真皮还是仿皮的公文包——那时包不流行背也不流行提，流行夹。

那时候，不管真老板假老板，不管是开企业做实体的，还是倒钢材阿诈里（骗子）的，或是在证券营业所窜来窜去看股票曲线图的，大都会整天价手拿大哥大，吃饭喝茶谈生意，往桌上一放，豪气冲天，就像押上了一个富贵的筹码和权杖，立刻会获得一份尊重，生意谈判也因此变得顺当轻松。抽烟的再在桌上扔一包中华或是云烟，上面叠着一个朗声打火机，"腔调不要太浓哦"。公交车上，经常看到的画面是，在拥挤的乘客中，有人举着大哥大，扯着嗓子在喊："喂！ 喂！马上到了，你们呢？我大哥大啊，信号不好，你再讲一遍……"人们看向他的目光大都是羡慕、嫉妒。

真正的大老板自己是不拿包的，由秘书之类的跟班提着。所以说，像我的老板，把大哥大和包都扔给我的，才是有实力有腔调的。呒没人晓得伊只是单纯地嫌辫些东西累赘。

毛弟为了充大头，不惜把主意打到了我辫里，打到了大老板身上。

"侬太平点，勿要动辄种歪脑筋。"我义正词严地呵斥道。心想，毛弟侬赤佬实在太高看我了，我辄个才参加工作的小秘书，哪能敢把大老板的大哥大借拔侬，被老吴晓得了，讲不定就得卷铺盖走人。为朋友两肋插刀可以，但也得看具体情况，活脱脱把自己捅死，岂不太冤枉了？

毛弟看我态度坚决，即便用 10 根最新款的领带都诱惑不了我，只好作罢，悻悻地走了。临走时喷过来一股怨气："玉林，侬看好，等我有钞票了，拿一打大哥大砸死你！"

我不屑地挥挥手："侬砸，侬砸，侬砸过来，我正好捡皮夹子。"

过了一段辰光，我和红伟、连明和庆弟等一同小聚，打八十分、争上游（一种纸牌游戏）。

桌上，红伟边说边笑："佾晓得吗，前几天毛弟可坍招势了。"

我们好奇心起，忙问哪能回事体。

红伟说，毛弟西装革履，穿着风衣，打扮得像《上海滩》里的许文强，去咖啡馆跟一个女老板谈生意。为了在对方面前充门面，便带了一个大哥大模型，桌上一放，直接引得人家刮目相看。开局美好，对话自然也顺畅起来。岂料刚切入正题，女老板的BP机便不看三四（见机行事）不讲规矩地嘀嘀作响。伊低头一看，便不好意思地对毛弟说："毛总，有个急事，我可不可以用您的大哥大回个电话？"

接下去的场面……嘿嘿，必须得自行脑补了。

我实在憋不住了，哈哈大笑，手一抖，牌撒了一地。

毛弟，原谅我的不厚道。

追赃记

1990年的深秋，我难得地出了一趟长差。

目的地广西南宁。我是被单位派到那里去追赃的。

同去的共四人，其中两人是区公安分局刑队的警官，一个姓傅，一个姓高。另外一个老张，是开发区服装厂的供销科长。

我们集团下面有个皮鞋厂，被人骗了价值5万元的皮鞋，老张的厂更惨，被骗了20多万元的高档时装。

老张说："搿几乎是全厂一年的利润，追勿回来等于100多号职工白做了。"

"一年忙到头，两手空拳头。"40多岁的老张矮矮胖胖，头发微卷，脸色红润，说明平时保养得蛮好。伊说话客客气气，但一提到被骗的事，忍不住激动，甚至爆起粗口起来："死伊拉一家门的，迭帮骗子料作太坏了。"

难怪老张懊恼，搿笔生意是厂长谈的，但是经他手发货的。

相比老张，我还算淡定。毕竟皮鞋厂被骗的事跟我无关，不用背负那么大的压力。之所以派我去，估计是老板看我待在办公室太清闲了，或者也想让我到江湖上锻炼一下。

八九十年代是个激情四溢的年代，大地生气勃勃，风很自由，人也炽热。与此同时，面对俯首可拾的机遇，一部分人的心也变得躁动难安。

左手是诱惑，右手是欲望。骗子出动了，只要有利益存在，那就有他们的舞台，乘你不备，就会嚣张地温柔一刀。无论是国营集体企业，还是乡镇企业，生存不易，既要选对项目和投资方向，又要经受市场毒打，还得拥有一双火眼金睛，以免被无孔不入的骗子诱惑，到头来赔了夫人又折兵。如果你是老板，还呒没被人骗过，就说明要么你从商经历太短，要么你的生意人家根本看不上眼。

骗子的手段五花八门，但那时还处于初级阶段，并不高明。

老张所在的开发区服装厂厂长在一次商贸订货会上

碰到了两个广西人，他们自称是南宁某国营商场的，兼做中越边贸生意。两人对服装厂生产的服装赞誉有加，说拿到口岸的市场上一定热销。于是厂长亲自赴南宁考察，去了那家商场，也去了设在边境的市场，收了1万元的定金，发了20多万元货到商场的仓库。后来就联系不上对方了。

厂长心急如焚，带着老张等人再赴南宁，商场负责人说根本不认识厂长所说的那两个人。他们商场是有个大仓库，但是也对外出租的。有客户把货发过来放一放很正常，只要付钱就可以了。

一查仓库，的确收到过�**批服装，但一到就被人提走了。

厂长急了，说我们有合同。商场的人接过去一看，说是假的，公章明显不对，萝卜刻的。

厂长慌了，真是遇到骗子了呀。他们钻了个空子：假合同假公章，真的商场仓库，轻而易举便让人入了坑踩了雷。

我们皮鞋厂的皮鞋被骗过程更简单：厂里有个销售员到市区推销，中午时在一家小饭店吃饭，听到隔壁一桌有两个人操着不太标准的普通话，讨论着要进什么货，于是便凑上去，问他们皮鞋要不要。对方一听喜笑颜开，说他们来自广西南宁，此行就是到上海采购服装、皮鞋的，但兜了一圈，还呒没满意的。

于是我们的销售员便热情介绍起皮鞋厂的情况，并盛邀犄两人前去厂里参观考察。

考察的结果当然很满意。对方觉得我们的皮鞋款式新颖，价廉物美，于是在酒足饭饱后签下了合同。

货发了，除了定金外，皮鞋厂就呒没有收到余款。同样地，犄两个人如黄鹤般一去不复返了。对方留下的电话竟然是公用电话，南宁街边一家烟杂店的。

皮鞋厂和服装厂一前一后向公安局报了案。办案的警察一分析，认为极有可能是同一批团伙作案，于是便并案处理。

几个月前，我们迭面的办案民警已去过一次南宁，在当地警方协助下，案件侦破已有了进展。迭次，南宁方面传来消息，说案犯尚没抓到，但找到了一批疑似被骗的货物，还有相关的中间人。

上海到南宁有2000公里的路程，绿皮火车"哐当哐当"要走上30多小时，我们呒没买到硬卧的票，只能坐硬座。在污浊、狭窄的车厢里忍受一路的嘈杂混乱，南腔北调。

　　老张常年奔波祖国各地，是个"老出差"，准备工作充分。他带了一大包的零食和熟食，有花生、鸡爪和猪头肉，还有方便面，最夸张的是还带了四瓶白酒。

　　高警官笑逐颜开，夸道："老张做事体考虑周到！"酒杯端起来，鸡爪子啃起来。老张说南宁的小吃很好吃，晚上到处是摆地摊的，闹猛，可以去逛逛。

　　傅警官长着一张年轻帅气的脸，话不多，常常是一副若有所思的神情。他是区局刑队副队长，也是我们辚次四人追赃小组的领队。涸了一口老酒后，他接过我递过去的烟，点燃深深吸了一口，说："辚趟去，要是能把'对象'捉牢就好了。"

　　我莫名其妙来了一句："倻带枪了吗？"

　　高警官和傅警官愣了一下，随后警惕地扫了一眼四周，见呒没人注意，紧绷着的脸才有所缓和。

　　随后高警官笑："小鬼电视看多了。"

　　傅警官跟着说："带了手铐，侬要不要试试？"

　　事后，老张悄悄提醒我，在外头闲话勿要乱讲八讲，"侬刚刚大学毕业，啥都勿懂。"我吃瘪，只好拼命点着头，心里却不免嘀咕，侬懂，还勿是照样被人骗？

南宁的深秋微风轻拂，气候宜人，不温不燥，恰恰好。

住的啥地方记不得了，感觉是在老城区里，有很大的院落，花花草草长得茂盛，空气清爽，令人心旷神怡。走出来便是鳞次栉比的各类小店铺。

去了当地的公安局办了相关手续。对方很客气，派了一名刘姓警官予以协助。

刘警官身材魁梧，言行举止带着一种豪横。

事情进展有点出乎意料地顺利。扑到一个与案子有关的人的店里，对方听说是上海来的警察，态度马上变得极其恭顺，频频点头表示配合。

那个姓韦的商贸公司老总大呼冤枉。他说他是进了一批上海皮鞋，但跟对方并不熟悉，哪知道对方竟然是骗子，货来路不正。他把一部分货发到了边境的口岸市场，一部分发到了广东湛江。口岸那里的都被销售光了，广东湛江还剩一点。

迅速算了算韦总报的量，只是被骗皮鞋三分之一，勿晓得在湛江能剩多少。

服装那边也有了眉目，南宁警方锁定了嫌疑人的地址，但人去楼空，只能守株待兔。

傅警官决定兵分两路：高警官和我，还有南宁刘警官跟着韦总直扑湛江，扣下那里的货；他自己和老张则守在南宁，先摸摸嫌疑人的社会关系，看看能否找到人。

刘警官很热情，说晚上在南宁的小吃街上请我们夜宵。结果等我们赶去时，饭局已经开始了，一间小包间内聚了七八个人，有男有女，碰杯声，说笑声不绝于耳。他们说着当地话，我们一句都听不懂。

出于礼貌，我们跟着喝了几杯啤酒，然后傅警官示意撤。临走，老张很有眼力见地买了单。

刘警官用力抱着老张的肩，嘴里喷着酒气，大声说："上海来的兄弟们，放心，不让你们白跑的。"

一桌子的人七嘴八舌地附和："刘哥出马，一个顶俩！""那是，刘哥牛！"……

南宁到湛江虽说相距不远，但乘火车也要五个多小时，然后转公交到了一个小镇。

货在，还有400多双男女皮鞋，估算一下也有万把元钱吧。我放了心，至少孬趟吭没白跑，可以向单位交代了，否则还要白搭进出差的费用。

湛江收猄批货的人已付了韦总的款，看到高警官要扣押，追着韦总要钱。韦总愁眉苦脸，一副欲哭无泪的样子，说自己也是受害者。

刘警官把高警官拉到一旁，悄悄说："都演戏呢，这老韦跟骗子脱不了关系，但没证据。"

高警官点点头，不响。

害怕夜长梦多，我们在清点了货物后，赶紧找了辆三轮货卡装上送往火车站。

等办完手续，拿到了货物运输单后才算松了口气。

入住宾馆时碰到了点麻烦。刘警官吭没带身份证，他把警官证递给前台小姑娘看，对方摇头，说，不行。

吃瘪的刘警官来气了，从腰间掏出手铐，扔在小姑娘面前，问："这好使不？"

谁知小姑娘眉头都不皱一下，淡淡地回道："不好使！"

高警官一看猄状况，马上打圆场，问是不是吭没身份证真住不了。

小姑娘说："你们到对过去，好好说话，那里可以。"

对过是一家破旧的招待所。

看小姑娘一根筋，我们只好灰溜溜地走了。

还好招待所的人看过刘警官的警官证后给办了入住手续。

刘警官进了房间还在气意难消。高警官劝他，这是在湛江，不是南宁，忍了。

辩趟差整整出了半个月。最后，服装厂的货也追回了一部分，但"对象"还是呒没捉到。

老张有点沮丧，回去的时候一路上呒没声音，迭种案子辰光拖得越久就越呒没希望。

返程我们终于买到了硬卧票。是我发挥的作用。

我在大学时，常投稿给各类报刊。南宁有本青年刊物叫《金色年华》，用过我好几篇稿，一来二去便同杂志社一位姓熊的编辑熟悉了。伊听说我来南宁后，马上安排时间见面，并热情地请我们一同吃了顿饭。

在热闹的小吃街，烧烤、米粉、牛杂……一桌人吃得酣畅淋漓。

最后，熊老师动用关系，好不容易给我们买上了回去的硬卧，临走时，还特地安排了辆车相送。

其实，我们的关系仅仅是编者和作者的关系。

火车"哐当哐当"，欢快地向上海方向捷驶。

高警官躺在硬卧上，说："多个朋友多条路，闲话绝对正确。"不太发表意见的傅警官也说道："好人！"

杀 熟

　　下班回到家，饭碗头还呒没端起来，就接到了一个电话。

　　电话那头的声音又尖又长，对方还呒没自报家门，我便分辨出是"三妹子"阿彭。无他，盖因他讲话的语调太有特质了。

　　信号不太好，时断时续。阿彭啰里八唆了半天，我才大致了解他的意思。

　　阿彭讲伊被骗了，"好几十万洋钿被人卷光了"，现在急得双脚跳，勿晓得哪能办，想找我出出主意。

　　阿彭语气急促，无奈中掺杂着懊恼。我第一反应此事非同小可，于是便约好半个小时后在金平路步行街上的一家茶室见面。

　　我和阿彭是出屁股长大的那种，小辰光还经常性勾肩搭背挑野菜到大厂那里去卖，拷河浜捉鱼摸蟹迭种事体也呒没少干。但大了，成家了，尤其是后来又相继搬离了宅上，联系就少了。一年到头碰不到几面。上次看到，还是大半年前毛弟的老娘过世，吃丧饭时在一张台子上，伊几杯啤酒下肚，面孔红彤彤地说，伊从村里冰箱厂辞职了，效益不好。接下去准备到松江工业区的一家台湾人开的厂里做司机去。

坐在一张台子上的红伟讲，台湾老板老抠的，觡碗饭勿好吃。阿彭笑笑，说："东山老虎吃人，西山老虎也吃人，做老板不抠门哪能赚钞票？"他朝我举了举杯，"玉林，侬讲是哦？"

在座的人中，除了毛弟，就还有我是个小老板，做点小生意。

我白了阿彭一眼，呒没搭话，勿睬伊。

大半年呒没见，阿彭的精神状态差多了，蔫巴拉叽。他平时不抽烟，现在却问我讨了根烟吧嗒吧嗒地抽了起来。烟雾缭绕，惹得吧台后的茶室老板娘一阵白眼。

阿彭在电话中所讲的被骗了"几十万洋钿"，实则是 50 万元，也不是伊被骗，严格地讲是伊老婆莲子被骗了。阿彭像大多数彭家渡男人一样，在屋里向不管账，管账的是伊老婆。所以捱笔钞票哪能出去的，派啥用场，到后来出问题，阿彭起初也是一无所知。

我晓得莲子一向比较强势，她是村办企业会计，世面见得多，主张也多，阿彭在屋里向的地位是不高的。伊屋里向老婆第一，小囡第二，第三还轮不到阿彭，是莲子养的一条纯白色的萨摩耶犬。在宅上一大批草狗中，捱条萨摩耶犬显得卓尔不凡。

阿彭说，半年前莲子不声不响从屋里向拿了50万元交给人家去做啥投资，每月有利息，年终还有分红。但起初她并呒没同阿彭讲，哪能晓得最后竹篮子打水一场空，瞒不下去了才哭哭啼啼向阿彭坦白了一切。

迭桩事体从一开始就充满了谎言。始作俑者便是莲子所谓的小姐妹阿芬。

我对阿芬有点印象，面孔圆嘟嘟的，一头齐耳短发，打扮朴素逢人便笑。伊娘家在荷溪老街，后来嫁到彭家渡。起初在冰箱厂当车工，前两年心头活络了，想着出去做生意。有人讲在广州，有人讲到日本去了，反正再见到时阿芬已变了一个人，穿金戴银，整个人都变得洋气起来，还开了辆宝马回来，一看迭种腔调便晓得是发了财的。

阿芬很大方，给亲朋好友们带了不少礼物，男的皮带、皮夹子等，女的则是化妆品、包包。我们村上的人犇几年也算见过世面了，看看礼品上的商标，都是名牌货，不由得对阿芬刮目相看，私下纷纷打听阿芬做啥生意发了。关系好的，便当面问。

　　阿芬不响，不响最凶。

　　赚钞票的路子哪能随便讲呢，神秘是王牌。

　　终于在一帮小姐妹死缠烂打中，阿芬"颇为为难"地道出了她发财的秘密——

　　做基金，做投资。

　　阿芬说，只要手头有现金，好项目多的是，投对了可以躺在床上数钞票。

　　小姐妹们瞪大了眼睛："还有介好的事体？"

　　有人不信，说阿芬吹牛不交税。

　　阿芬不恼，笃悠悠掼出一句闲话："倷晓得为啥有钞票的人越来越有钞票，呒没钞票的人越来越呒没钞票？"

　　勿等人家回答，阿芬又说："是因为勿晓得钞票生钞票的道理，把钞票藏在屋里向能养小钞票啊？银行又有几钿利息？"

　　哪能投？阿芬又不响了。

众人胃口早已被吊足，勿肯放过阿芬。无奈之下，阿芬只好道，最近是有个好项目正在融资，但她只是个部门小经理，要大老板同意，才能决定是否可以让大家"跟"。毕竟搿社会有钞票的人多了去了，平白无故做啥带侬发财？

在众人的一片恳求声中，阿芬勉为其难地答应向大老板汇报下，看看能否带大家一起白相。"唉，乡里乡亲的，又是好姐妹，可以带的话，也算做了桩好事。"阿芬说。无奈的口气其实也表明了自己的立场：是俫硬要想"跟"的，不是我忽悠，更不是逼俫上的。她还不忘叮嘱一句，投资有风险的，啥人都不是神仙，百分百包赚。

一帮子小姐妹嚷嚷着，晓得晓得，阿芬最好了，等赚钞票了一定会感谢阿芬。

隔天消息传来了，经过阿芬的不懈努力，大老板终于同意"带"，但是投资金额每人只能允许在10万到50万元，多了不来三，总盘子就搿能大，侬投多了，别人就投少了或投不了。大老板提倡的是"共同致富"。

二十多年前，三五十万元对彭家渡的村民来讲真不算少，毕竟那时在闵行买套100平方米的房子才20多万元，莘庄贵点，地铁一号线终点站迭面的话，一平方米 4000 元左右。

而当时，大部分彭家渡人家是摸得出辣些铜钿的，因为刚刚动迁拿到了赔偿款。到附近买了房子，还剩了一点，有介好的机会正好拿出来钞票生钞票。

阿芬讲，大老板目前正在投的好项目是建造寺庙，他在苏州东山已拿下了 500 亩的田，正准备动工。

阿芬又讲，建造寺庙不是啥人都可以造的，必须国家批准，大老板上头再上头有关系，好不容易跑下来的。大家现在投了钞票，今后就是寺庙的股东，香火旺了，是不是躺着可以数钞票了？而且寺庙周边还要建设风景区，投了钞票的人去白相勿要钞票。

大家想想还蛮有道理，心头开始热腾腾了。气氛烘托到迭个辰光，阿芬又讲了，投资款每月返息 20%，就是 1 万元付你 2000 元利息，当月结算，年底有分红。辣辰光人们完全疯狂了，于是提着款一拥而上，生怕慢了一步，失去了赚钞票的机会。

当然也有人清醒的，提出疑问，勿要是"骗局"哦。

阿芬听到后，不恼，只淡淡地说了一句，晓得为啥有些人总是穷吗？因为伊拉呒没辣个命，连菩萨都勿想帮。思路决定出路，格局决定结局。懂哦？

阿芬又讲："我是不会替俰任何人做决定的。成了，我不一定有功；败了，就是我错了。所以俰自己想想清爽。"

众人皆颔首，都觉得阿芬坦诚，于是不再犹豫。接下去便是阿芬的小姐妹们投了钞票，小姐妹的亲眷朋友们也投了钞票，最后又引得其他村民纷纷找到阿芬要投钞票。

阿芬一边讲，不来三了不来三了，额子满了，一边还照收不误。

头三个月，投项目的人每月都拿到了利息，1万元本金有2000元利息，投了50万元的就有10万元利息，觕钞票勿要太好赚哦。

于是投资的队伍像滚雪球般膨大起来，最后在整个荷溪镇掀起了一股集资狂潮。

然而（事体往往出在然而上），仅仅三个月后，人们拿不到利息了。去找阿芬问，娘家婆家都寻不着阿芬了。

阿芬呒没跑路，阿芬只是躲了起来。

有人终究找到了她，问她哪能回事体。阿芬一脸无奈，说项目出了点问题，资金跟不上了。

阿芬承诺，一旦有铜钿，利息照补照发。

又过了两个月勿见动静，一帮小姐妹急了，再寻阿芬，人寻不着，但电话接了。阿芬讲，快了快了，伊正同大老板在香港引进新项目，有大笔资金到。

人们焦虑的心稍加安定。但一个月又匆匆过去，再寻阿芬时，人呒没看到，连电话也不接了。

人们终于怀疑阿芬是骗子了，骗了大家的钞票跑路了。各种传言一时沸沸扬扬。

莲子看到瞒不下去了，终于向阿彭做了坦白，说自己家动迁款被好姐妹阿芬卷光了。

阿彭气恨恨地讲："玉林，侬讲迭只女人十三点哦？被人三嚎两嚎就相信了，眼睛瞎脱了，看勿出羢就是骗局。"

"要怪就怪阿芬！"我安慰道，但心里想着也是莲子她们贪啊，被阿芬一帮子杀熟了。

杀熟迭种套路，就是向至爱亲朋开刀。人熟一通百通，万事好办，但人熟一叶障目，难辨真伪，骗子们都懂得羢一招了。在利益驱动下，他要骗你，不熟也熟，自来熟。

　　我的判断，阿芬背后一定有着严密的组织体系，不是一两个人的事，而是一群人，就像传销一样。阿芬是个"牵羊者"，把"羊"牵进圈里任人宰割。原本就吭没啥项目，却忽悠人家投资，拿出本金的一小部分支付利息，投资者前赴后继的话尚可维持资金链，辰光一长，肯定爆雷，迭种事体屡见不鲜。人们上当是因为骗局一开始是从"熟人社会"开始的，从而少了戒备心，在高利益诱惑下的从众心态更是让大家迷失了方向。

　　"报警了吗？"我问。

　　"吭没报！"阿彭说。

　　"做啥吭没报？"

　　"乡里乡亲的，都沾亲带故，哪能报？报了变成我们勿上路了。"

　　"晓得多少人家投了？"

　　"大概 40 多户吧，有八九百万元。"

　　还好，不算太夸张，但损失也不能算小。

　　"阿芬娘家婆家说要等阿芬回来，问清楚后解决。"阿彭说。

"那就等等？"

"还有啥办法，只能等等。"

阿彭脸色难看，像便秘一样憋着。

几个月后，阿芬偷偷地回到了村里。

她悄悄地叫来莲子一帮小姐妹，痛哭流涕，说自己也是被大老板害了，项目是有的，投资也是真的，只不过土地咣没搞定，建庙的事就黄了，于是大老板跑路了。

阿芬说，大老板现在在日本，还在做努力，争取新的项目融资，大家的钞票一定有希望拿回来的。

阿芬又说，就算大老板那儿拿不回来了，她阿芬是要面孔的人，勿会害了小姐妹们，砸锅卖铁也要还上大家的钱。

小姐妹们看着泪花四溅的阿芬，一阵沉默。

阿芬再次失踪，从此二十年不闻音讯。

咣没人报案，大家认定了迭辈子辪些钱拿不回来了。

阿彭说，当初莲子要是勿投钱，拿来买莘庄的一套房子，如今都升值到八九百万元了。

多吃了一盅酒

阿强弟是被警察文慧从酒桌拎出来的。

当时阿强弟正在荷溪老街阿二头开的小饭店里吃老酒，一包油氽花生，几块猪头肉，从中午吃到了下午三点半，面孔血血红，像只猪肺头，老酒瓶都空了，也呒没抬起屁股想走的意思。一边吃一边嘴里碎碎叨叨地喃喃自语。老板阿二头一开始掼了几根香烟搭讪了几句，后来看看阿强弟掼头掼脑（耷拉脑袋），一副像死了老婆的腔势，也勿搭理伊了，自顾自跑到隔壁玲花的美发店去嘎讪胡。玲花的美发店不美发，也不理发，店里几个小姑娘都是外地来的，穿着打扮性感，甚至是暴露，脸上刷着粉，嘴巴揎（涂）得血血红，她们每天就坐在店的进门口，等着客人光顾，洗头汰脚按摩……懂的人自然懂。

在我印象中，阿二头是个有贼心呒没贼胆的人，勿会去跟那些小姑娘搞勿清楚，他只是喜欢同伊拉开开玩笑，吃吃豆腐，尤其揩揩玲花的油。每当阿二头对玲花动手动脚时，玲花就讪笑着推开他说："侬老婆来哉，勿老实，夜里踏爆侬。"

也难怪，阿二头的老婆是有名的河东狮吼，骂起阿二头来，荷溪半条街都能听到。一听玲花的话，阿二头心头一凛，便缩掉了。

一辆蓝白相间的桑塔纳警车闪着灯停在了理发店门前，把刚才还在打情骂俏的阿二头和玲花吓了一跳，尤其是玲花，莫名有点心虚。

"阿二头，阿强弟在侬饭店里吗？"车上跳下派出所警长文慧，冲着阿二头问道。

"在的在的。"阿二头忙不迭地回道，"还在吃老酒，都酒水糊涂了。"

等文慧把阿强弟拎出饭店时，他还在犟头倔脑，大着舌头嚷着："抓……抓我做啥啦，我又呒没做……做啥坏……坏事体。"

"做啥做啥？！"文慧一把把阿强弟推上了警车，骂道，"还吃，吃侬个魂灵头，俫女人死脱了。"

阿强弟的老婆美英的确死了，文慧是警察，不会瞎开玩笑。

美英是上吊自杀的，吊在自家客堂间的摇头电风扇杆上。

阿强弟他爸推门进去时，美英已吭没气了。

看着躺在门板上的美英，阿强不敢相信自己的眼睛，他蹲在地上，双手拼命扯着头发，嘴里讷讷道："我只不过多吃了一盅酒，哪能就迭副样子了……多吃了一盅酒啊！"阿强弟欲哭无泪。

阿强弟是荷溪镇鲁家塘人，和我们彭家渡算是近邻，他从小读书不好，是个"赖学精""老留级"，虽然比我大三岁，却留成了我的同学。

鲁家塘历来有个风气，男人们大都嗜酒如命。犄在整个荷溪镇都有名气。就像阿强弟，他的爷爷是酒鬼，他爸爸也是酒鬼，一日三顿，从早上睁开眼睛，一碗黄酒灌肠灌肚，才去下地干活。中午再来一碗黄酒，泗一会，有活就干，吭没活就找人打牌搓麻将。吃晚饭换花头，来碗土烧酒，白的，劲道足，吃了好困觉。阿强弟从小耳濡目染，也成功被培养成酒鬼。

鲁家塘紧挨着荷溪老街，老街上的一幢木屋伸出一只角就碰到了鲁家塘的地界，所以鲁家塘人都觉得自己也是镇上的人，竟有些莫名得意。至少在一帮妇女看来，住在老街旁边，买点油盐酱醋啥的实在是太便当了。不像我们走到镇上还要花上半个多小时。而鲁家塘的男人则是另一番心思，对伊拉来讲，或许吃酒是第一位，镇上的供销社小三店就有酒卖，还能零拷，黄酒、米酒、土烧酒都有。想吃，抬抬屁股迈迈腿去拷回来就是。

小辰光我一直搞不明白，为啥我们辫里要把"喝酒"说成"吃酒"，吃不应该是用于固定的食物吗？后来读了点书，有了点文化才明白，辫不是语法上的错误，也不是方言所固有的说法，而是有历史背景和文化意义的。据说这个"吃酒"词语应当是沿用唐宋时期的喫酒之说，比如杜甫便有"楼头喫酒楼下卧"的诗句。当然那个时候喫与饮是同义，后来也许是由于谐音沿用也未可知。而我们听得多的吃酒的说法恐怕便是《水浒传》了，里面的梁山好汉就有说吃酒的，林冲喝酒是"把葫芦冷酒提来，慢慢地吃"，到了《红楼梦》这里，林黛玉评价贾宝玉也说是"好吃酒看戏的"。

鲁家塘的男人当然弄不清楚"吃"和"喝"之间到底有啥讲究，也无须弄清楚，有酒就吃，费迭种脑力做啥？伊拉吃酒也不用杯子，就用小酒盅或小瓷碗。白酒用盅黄酒用碗。早前，就算到了20世纪六七十年代，玻璃杯也算是奢侈品，平常人家拿不出的。新婚时能备上一套已经属于有面子了。久而久之，用盅用碗吃酒就成了习惯。你让他用杯子吃，他可能还勿适意。

什么酒似乎大可不必讲究，可以是本地的黄酒，嘉善黄酒也不错，或者本地的土烧酒，倘若是七宝大曲，那算是上档次了，辫是上海特酿，而且还是上海县产的。就是电视剧《繁花》中宝总喝的那种。至于奉贤产的曾经盛极一时的神仙酒，则是后来的事。

酒不讲究，菜更不讲究了。有酒是天，兜里哦没几个铜钿，下酒菜就只能凑合了。几粒花生米、几片咸菜、一个咸鸭蛋，或一个大头菜都可以。阿强弟的爷爷是酒鬼中的战斗机，伊可以用一根铁钉蘸着酱油干一瓶七宝大曲，从日出吃到日落。他爸爸水平差点，一只蟹脚（有人说是一只雄蟹螯）蘸醋，吃了两瓶嘉善黄酒。辰光也短，从中午吃到夜饭辰光。

到了阿强弟辫里，只剩一顿半斤高度白酒的量。主要是鲁家塘同龄人中能吃酒的越来越少了，气氛带动不起来。何况 90 年代开始麻将、舞厅、卡拉 OK 盛行，好白相的事体多起来了，吃酒的兴致多少淡了下去。

阿强弟算是继承了他爷爷他父亲吃酒的基因。酒吃不多，但一定要吃，有美酒作伴，人生才潇潇洒洒。等到阿强弟结婚以后，吃酒就成了夫妻间最大的矛盾，于是小吵天天有大吵三六九。

关键是阿强弟吃酒，酒风勿好。跟朋友吃酒，刚吃时蛮开心，吃多了话不投机就耍酒疯，掀台子，甚至大打出手，经常打得头破血流，有几次进了医院，有几次去了老派。酒醒了，认识错误时总是那么一句闲话——"唉，唉，勿好意思，我多吃了一盅酒，是我不好！"瓣几乎成了他的口头禅。

摊上阿强弟迭种酒鬼，美英当然恨，骂又不听，打又打不过，每次倒是被阿强弟打得浑身乌青块，于是想着离婚，提了几次，都被阿强弟用武力镇压了。美英是外来妹，老家在云南昆明的山区里，当初阿强弟正好被彭家渡的冰箱厂派去当地做维修工，于是认识了在市区打工的美英，两人轧起了朋友。那几年里，彭家渡冰箱厂业务遍布大西南地区，云南、贵州、广西，还有重庆等地，甚至还销售到缅甸、泰国。大量销售员、维修人员都扑在笃些地方，伊拉大多是小青年，十七八岁，正是热血沸腾的时候，在异乡吮没人管束，白相心思就重了。一些人便轧起了朋友，还有人修成了正果。我们彭家渡第一拨外来媳妇就是迭能来的，比如美英。第二拨是来彭家渡厂里打工的，日脚长了碰到了人就留了下来。

一年多后，阿强弟把美英带回了上海成亲。美英以为来到了大上海，从此可以过上幸福的生活。在她脑子里，上海出门就是外滩，抬抬腿就到南京路步行街，再走两步便是城隍庙。哪想到笃里是上海的乡下头，"去上海"还要花上两个多钟头，还不如待在昆明市区呢。更吮没想到阿强弟竟然是笃样子的人。她有种上当受骗的懊恼，尤其在上海举目无亲，遇到伤心事也吮没办法向人诉说，云南山高路远，又不能说回娘家就回娘家，只好一个人默默承受着。好在婆婆公公对伊还不错，能帮的尽可能帮，才让她心里好受些。

美英自杀前的一天深夜，3 岁的女儿发高烧，她拖着阿强弟想让他和自己一起送医院，啥人晓得阿强弟又吃得烂醉如泥，像只死蟹躺在床上叫也叫勿醒，只好自己带着浑身滚烫的女儿骑着自行车赶了 10 多里路到中心医院看急诊。一查下来是肺炎，要住医院，于是在第二天中午前匆忙赶回家，一是拿看病的钞票，二是想叫上阿强弟一起到医院里去。啥人晓得阿强弟又去吃老酒了，更要命的是，她偷偷藏起来的一点私房铜钿也不见了踪影。于是赶紧去找阿强弟。

在老街阿二头饭店里，美英终于找到了阿强弟。讲了女儿的事体，又问钞票到啥地方去了。阿强弟竟厚着面皮讲钞票被伊搓麻将输掉了，还责怪美英连小囡都带不好。两人又是大吵一顿，美英哭着跑回了家。

辫成了压死美英的最后一根稻草。美英找到了阿强弟的娘，让伊先去医院看小囡，谎说自己要收拾点孩子住院的东西，随后会赶去。

等婆婆一走，美英就再也呒没犹豫，用一根麻绳结束了自己的生命。

阿强弟痛哭不已，嘴里还念叨着："美英，侬只十三点女人，做啥想勿通啊，我只不过多吃了一盅酒，侬竟然寻死了……"

三年后，我听说阿强弟又讨了个老婆。

去年春上，我碰到鲁家塘的人，打听阿强弟的情况，问伊还吃老酒哦。

　　对方说，早戒了，伊出嫁的女儿讲，如果阿强弟再吃老酒，就同伊断绝父女关系。

塔倒了，砖碎了

1995 年，宇 30 岁。

一个周末，他照例又来到我们单位维护电脑。

"要出差？"我看他背着挎包，还拖着一个行李箱，便问道。

"是啊，去武汉，单位在那里有个项目。"宇说。

"武汉？侬大学不就在那里读的吗？"

"嗯，正好项目完成后再去大学看看老师。"宇说，年轻帅气的脸写满笑容。他告诉我，他还有些同学毕业后在武汉工作，机会难得，想约了聚聚。

"项目吃勿准啥辰光弄好，所以下个礼拜侬孬里我不一定来得了。"宇又说。

"哦，勿要紧！"我点头道，"侬仔细检查一下，回来之前不坏就好！"

············

谁也呒没想到，宇和我这一别，竟成永别。

宇是我聘请的"星期天工程师"。那个时候我是一家电脑印务公司的老总,购置了10台电脑用于文字排版、打印。但迭种处理器配置只有286、386的电脑,不仅速度慢,而且经常死机。虽然每台高达万元,却还不是原装货。当时上海滩有专门的人用走私来的零部件加以组装,再售出。无质保,返修率极高,所以必须得请专业维修人员做维护保养,发现问题及时解决。

　　在电脑还是稀罕物的90年代初,专业的维修人员更稀缺。有的话,也是一些大单位抢手的"宝贝"。起初,我们单位的电脑是请了我的同学建新来帮忙维护。伊老家住彭家渡隔壁的韩仓村,小学跟我同班了三年,考初中因为成绩好进了当时的市重点三林中学。大学毕业于复旦,读的就是计算机专业,不过后来的工作与此无关,所以伊光有理论却缺乏实践。建新作出的最大贡献是,伊花了几个晚上的辰光,终于让一个电脑白痴大致明白迭个外形长得像电视机的东西只是一个壳而已,真正起作用是装在其内部的CPU处理器,它才是电脑最为核心的硬件,但同时还要有与之配套的DOS系统,用WPS做文字编辑,用FOXBASE做数据库管理……伊讲了一大堆,我听得云里雾里。最后辫家伙不胜其烦,直接扔给我一本伊大学时的电脑教程，让我学习。我回去翻了几页，头昏脑涨，当即扔到了一旁。

原本期望建新帮我培训一下新员工，但他坦言，讲讲理论可以，实际操作要误人子弟的。我呒没办法，只好另请高明，终于有朋友介绍了当时在锅炉厂技术科工作的耀明，人家是清华的高才生，现在单位里天天在跟计算机打交道。耀明讲，一个电脑熟手，必须会 14 个 DOS 内部命令，会盲打。他在单位不太得志，于是干脆办了个停薪留职，来帮我忙，把"生手"的员工培养成熟手。

过了几个月，电脑印务公司刚刚步入正轨，耀明告诉我，他的舅舅办了个电器成套厂，要伊去担任技术主管。

于是，宇来了。

宇跟我都是彭家渡的人，住荷溪老街鲁家塘。我一向觉得那地方风水有点奇怪，出两种人，一种是酒鬼，一种是读书人。宇当然属于后一种，而伊一个爷叔还是上海滩某大报的资深记者，虽说是从农村广播站的"土记者"提上去的，不是科班出身，但称文化人呒没毛病。

宇是1982年考上大学的，那时恢复高考才四年，大学生凤毛麟角，尤其在我伲迭种乡下地方，整个彭家渡，一年能出两三个大学生已经属于破天荒了。他读的那所大学，当时也是全国重点，后来并入了武汉大学。

宇还呒没来我搿里时，我跟伊不熟，但其名声在外，是我读中学时老师经常挂在嘴边让我们学习的榜样。迭能的榜样还有我同班同学平连的大阿哥和新华的大阿哥，齐巧都比我们高三届，后来都考取了重点大学，成为乡人眼中的“出长人”。之后荷溪中学学生就显得平淡了些，几乎呒没出类拔萃的，直到我们迭届，稍稍争了口气。

我跟宇的妻子倒是相熟，她是彭家渡奚家塘人，跟宇同学，我叫她珍姐。她读的是警校，毕业后分配在我们附近的派出所工作。因为伊文章写得好，而我当初立志做文学青年，平时就有了交流。等我做了企业，听说我在找电脑高手，伊就举贤不避亲，推荐了宇。宇是电力机械厂的工程师，厂里正在培养的“第二梯队”。

宇讲，伊只能周末来帮忙，平时要上班，忙不过来。

我说行！只要保证每个礼拜来，就可以。

宇讲，侬搿里的电脑简单，又勿是用于科研的，分分秒秒就能搞定。

宇老实，但也自信。

我说，那最好了，就怕电脑死机，耽误生活，交不出货客户要骂山门。

我问他，要付多少加班费？

宇腼腆一笑，随便啊，都是自家人。

宇每个周末来。伊闲话不多，来了就开始一台台检查电脑，那些打字的小姑娘平时碰到啥问题也正好可以一并问，都耐心解答。

宇人样子好看，又温文尔雅，举手投足间有种老派知识分子的气质。迭种气质是要靠积淀的，学不来。

我跟伊开玩笑：“侬宅基上有介许多的酒鬼，侬哪能同伊拉勿一样？”

宇讲：“人跟人本来就勿一样啊。”

那天周末，宇从我舟里忙好后就乘火车去了武汉，那里有他们单位正在施工的一个电力项目。宇是技术负责人。

宇爬到正在施工的铁塔上去检查。铁塔有十多米高，风大，人有些站不稳。

一般来讲，选种生活工人上去就可以了，但宇不放心，坚持要亲自上去，啥人晓得铁塔在箒辰光竟然毫无征兆地倾倒了，狠狠地砸向地面。站在塔最高处的宇吭没及反应，便飞了出去。

尘土飞扬，宇血肉模糊。

宇的眼眸渐渐失去了光泽，刚刚还是蓝天白云，青山绿水，此刻只剩黑暗。

而后，呼吸吭没了，心跳吭没了，生命戛然而止。

多年以后，珍姐对我说，或许箒就是宿命。

宇在武汉度过了至真至美的四年大学时光，最后箒里竟成了他生命的终点。

我去鲁家塘宇的家里参加他的大殓。客堂间作了灵堂。

面对宇遗像，我深深地三鞠躬，悲从心中涌来。一个好好的人，出了趟差，回来却是一捧骨灰。

珍姐长泣无语，宇的一众同学好友长跪不起。

宇三四岁的女儿睁着精灵般的大眼睛紧紧地依偎在她妈妈的怀中。

我失去父亲时跟她差不多大小。

父爱如山，山却倒了。从此，只能在废墟中寻找温暖。

人生长河，生离死别如同四季更迭。无论是亲人离世时的悲痛欲绝，还是朋友远行时的依依不舍，迭些瞬间承载着世间最复杂最深沉的情感，就如同锋利的刻刀，在记忆的石碑上留下不可磨灭的痕迹。

生与死，如此的哲学命题总是忧郁的、沉重的。

有的死亡，距离我们很近，重击着心脏；有的死亡，距离我们很远，只留下一声叹息。

文涛对我说："晓得哦，F 走脱了。"

"走脱了"的意思是"死掉了"。

我愣了一下，竟想不起谁是 F。

"侬哪能忘记了呢，住在镇高头的，开差头（出租车），喜欢在后背腰别两把刀的 F 啊！"

文涛迭能一讲，我记起来了，的确有迭个人，好多年前认得的，哪能就死了呢？

"被人用板砖砸死的，"文涛点了根烟，叹了口气，

"唉，出来混总是要还的。"

F是我跟着文涛参加一个饭局时认识的。

文涛是我在彭家渡，除庆弟、红伟、连明外能够一起开心白相的朋友。我们五个人经常会在一起打"红五星（一种纸牌游戏）"，我呒没空，伊拉就正好搓麻将。

毛弟不算，虽然有时也会一道凑凑闹猛，但白相讲圈子，他同我那些朋友走不近。

在认识F之前，我只是听说闵行滩，或者讲荷溪镇上有帮子专门混社会的人，但不认识，更呒没打过交道。

我只是做点小生意，"道上"不是我们辬种人好白相的。

F身材矮短，长得蛮有福相，说话时笑眯眯的。初次见面，他和我用力地握着手，上下晃动，"吴总吴总"热情地打着招呼。

饭店小小的包房内坐得拍拍满满，嘈嘈杂杂，烟雾缭绕。

啥人组的饭局我勿晓得，桌上的很多人看上去面熟陌生。那时我刚刚从集团公司辞职出来，正准备自主创业，想着多认得些人头总归有好处，才跟着文涛出来蹚蹚世面。

一帮人白的、啤的你来我往，吃得酒酣身热，嗓门越扯越高，牛皮越吹越大，看架势似乎有种能在上海滩横着走的腔调。我初来乍到，对伊拉不知根知底，只好低调为主。

酒过三巡，菜过五味，包房的门突然被推开，有人闯了进来，目光搜寻一番，便径直走到 F 面前，俯身贴耳，悄然而语。

呒没听几句，F 腾地起身，刚刚还在谈笑风生，此刻脸上满是怒意，嘴上嚷道："迭帮小赤佬，要造反啊！"他双手抱拳，向在座的躬了躬，说："各位兄弟，我有事先撤，侬尽兴。"随后健步向门外走去。虽然胖，但很灵活。

到门口时，只见 F 双手利索地从身后的腰部抽出两把用布包裹着的貌似刀具一样的器物，长二三十厘米，宽度在七八厘米。

F 头也不回地走了，一股杀气腾腾的阴冷飘浮在包房中。

席中有人如我一样惊愣住了，脸上满是诧异，但大多数人风轻云淡，似乎对辩种情形早已见怪不怪。

事后，文涛对我讲，F的几个小兄弟在离饭店不远的尤嘉夜总会白相，同一帮勿晓得从啥地方冒出来的小赤佬一言不合干上了，双方拳脚相持，打得不可开交。碰到迭种情况，F当然要去相帮。

　　"喔哟，'黑社会'啊。"我吐着舌头，傻傻地说道。

　　"F就是'道'上的呀，还是个'头'呢，手下有二三十个小兄弟。"文涛说。

　　"侬勿是讲伊是差头司机吗？哪能摇身一变就成了'带头大哥'了？"

　　文涛嗤笑一声，不响。眼神中写着"侬就是阿戆"的字样。

　　F的确是个开差头的。

　　人家差头司机平常辰光吃吃红塔山、红双喜算有腔调了，F却是软壳红中华一包接一包，光跑出租，赚的钞票还不够伊吃香烟的，所以呒没"旁门左道"哪能过日脚？

　　蛇有蛇路，蟹有蟹路。F小兄弟多，三教九流、五花八门，在闵行滩有点排面。一些人手中还有些小资源，伊就用来介绍给做生意的朋友，从中赚些差价，小日脚倒也好过。F赚一钿用两钿，认得伊的人都讲伊派头大。朋友们碰到有些解决不了的问题，F喜欢冲在前头，能摆平就摆平，摆不平也要让对方吐血，所以大家觉得伊讲义气，慢慢地在圈子里有了名气，一帮小赤佬看到伊"大哥""大哥"叫个不停。伊平常吃的软中华都是迭帮人孝敬的。

晓得了F的背景，我劝文涛，迭帮人还是少接触为妙，搭上了掼勿脱。文涛讲，那是当然。实际上我也是多啰唆了，文涛思路一向比我还要清爽，门槛精，哪能勿懂？

后来跟F还是碰过几次面，都是朋友的饭局。晓得了F的背景，我们便仅仅是点点头，客客气气。

再后来，听说F白相"二八杠"，输得一塌糊涂，卖掉了出租车，还抵押了房子。从此F淡出江湖，呒没了"大哥"的传说。

常在江湖飘，哪能不挨刀？

F最后被人砸死，实属意外。我听来的版本是，城里有帮刚刚中学毕业的少年，梦想着混社会，于是找之前所谓道上的"大哥"立威，F不幸被选中。

那天晚上，F和一个朋友刚从饭店吃好老酒出来就被迭帮少年拦住，人家要伊下跪以表臣服，F虽然不当"大哥"好多年了，但好歹以前也是"道上"有排面的人，哪能受得了瘪股气，于是就干了起来，结果被迭帮不计后果的小棺材往后脑勺上拍了块砖。砖碎了，F顿时血流如注，跟跄了一下，随后倒地，昏死过去。同行的朋友赶紧将伊送往附近的医院。

F躺在急诊室的床上清醒过来后，一边指挥朋友"码人"，叫过去的小兄弟把那帮不晓得天高地厚的小棺材找出来，好好地修理一番；一边呵斥帮他包扎的小护士不准报警。

小护士看到辣副情景，腿都吓软了，哪里还敢多言，抖着手帮他清理了伤口包扎好后就逃之夭夭。

F在医院等得心急如焚，不见朋友回音，又怕警察找上来，于是叫了辆差头，匆匆离开了医院。伊准备先回屋里向再等消息。

啥人晓得，F回到家，刚打开门就一头栽了下去。不醒。

1999年冬，世界沉浸在迎接千禧之年的喜悦中。F卒，时年36岁。

生命如此之轻。塔倒了，砖碎了，人呒没了。